MERCH Y WENDON HALLT

Merch y Wendon Hallt

Non Mererid Jones

Gwasg Carreg Gwalch

Argraffiad cyntaf: 2024

ISBN clawr meddal: 978-1-84527-739-0

ISBN elyfr: 978-1-84524-623-5

Cyhoeddwyd gyda chymorth Cyngor Llyfrau Cymru

Clawr: Eleri Owen

Cyhoeddwyd gan Wasg Carreg Gwalch,
12 Iard yr Orsaf, Llanrwst, Dyffryn Conwy, Cymru LL26 0EH.
Ffôn: 01492 642031
e-bost: llyfrau@carreg-gwalch.cymru
lle ar y we: www.carreg-gwalch.cymru

Argraffwyd a chyhoeddwyd yng Nghymru

I Lleu

Diolchiadau o waelod calon:

i Angharad Price a Mererid Hopwood am fod mor garedig â rhoi caniatâd i mi ddyfynnu o'u gwaith.

i Pat Morgan am gael dyfynnu cân Datblygu.

i Menna Baines, Lleucu Roberts ac Ion Thomas am eu sylwadau calonogol ac am roi'r hyder i mi i fynd ymlaen i gyhoeddi.

i Nia – diolch am fod yn olygydd mor ofalus a thu hwnt o amyneddgar. Diolch am dy adborth gwerthfawr ac am dy ffydd yn y gwaith.

i Mam a Dad – diolch am Bob Dim.

A chorff perffaith fy mab yn llenwi fy llygaid ac yn fy mrawychu, cofiaf ddechrau ysgrifennu, dim ond i weld a oeddwn i'n dal i fod. I weld ai fi oeddwn i o hyd.

Angharad Price, *Ymbapuroli*

Felly Llŷn ar derfyn dydd,
Lle i enaid gael llonydd?

Chwilfa Dai Rhys a Meinir

Wrth fynd dow-dow ar hyd Lôn Dywod yn bur gynnar yn y bore ym mherfedd y gaeaf, byddech chi'n siŵr o daeru bod y dref fach gysglyd hon ar farw. Does dim smic, dim siw na miw i'w glywed yma ar y stryd, dim byd ond y gwynt yn rhegi a'r môr yn alawfiō a'u cecru'n bygwth y mudandod. Ond wrth wrando'n astud y tu hwnt i'r distawrwydd a chlustfeinio ar ffrae fawr yr elfennau, gallaf innau glywed yng nghytseiniaid y tonnau a llafariaid y gwynt y Gymraeg yn sisial drwy'r stryd fel codi cragen i'r glust.

Ond ni welaf yr un llygedyn o oleuni yn y ffenestri nac unrhyw arwydd o fywyd ar y stryd hon tan wyliau'r Pasg, pan fydd y neoprene a'r Dry Robes yn tyfu fel chwyn o flaen y tai, y caiacs a'r padlfyrddau yn un pentwr drud a di-hid ar y glaswellt, a'r Range Rovers du a'r Teslas gwyn yn mynnu eu lle yn drahaus ym mhob dreif ac yn sgrechian 'ylwch arnom ni'.

Ni oedd y 'locals' ers talwm. Ond maen nhw bellach wedi perchnogi'r gair hwnnw hefyd. Ac felly wrth i mi ymlwybro fel dieithryn yn bur gynnar yn y bore ym mherfedd y gaeaf, heibio i'r holl dai gwag yn y dref fach lan môr hon lle'm magwyd, dwysáu fesul cam a wna'r dadrith a deimlaf nes fy llethu'n llwyr ar gyrraedd y traeth wrth sylweddoli bod fy nghymuned wedi hen ddiflannu o dan y don.

Achos dwi a Rhys wedi bod wrthi'n ddyfal yn cynilo arian ers i ni ddyweddïo, yn crafu byw wrth fin y gyllell wrth geisio hel digon o flaendal i brynu ein cartref cyntaf yn ein bro. Flynyddoedd yn ôl, a ninnau'n feddw ar obaith dau gariad yng ngwanwyn eu perthynas, cofiaf i ni ddechrau trafod ein dyfodol o ddifri gan feddwl mor hyfryd fyddai cael deffro yn yr un gwely bob bore yn ifanc am byth ac yn un cwlwm o chwant am weddill ein hoes. Felly mi gyflwynon ni gais i adeiladu tŷ ar ddarn o dir y drws nesaf i hen gartref Taid yn Upper Abersoch (Mynytho gynt), ond gwrthodwyd ein cais yn ddisyfyd gan swyddogion cynllunio'r Cyngor am nad oedd y tŷ yr oeddem wedi ei gynllunio yn gweddu i'r unedau gwyliau a fyddai'n cael eu hadeiladu a'u datblygu yn y pentref.

Er mai tŷ yn Nefyn (ein tref enedigol ac un o'r llefydd prin ar y penrhyn hwn lle mae llond llaw o siaradwyr Cymraeg yn dal i drigo) ydi'r freuddwyd, dydyn ni ddim mor ffyslyd na snobyddlyd na phlwyfol â pheidio ag ystyried lleoliadau eraill llai delfrydol, llefydd nad ydynt mor ddeniadol erbyn hyn hyd yn oed i'r ymwelwyr. Llefydd fel Brinepool (Pwllheli gynt), er enghraifft, tref lan môr digon di-raen ryw saith milltir i lawr y lôn, yr hen borth i weddill y penrhyn, sydd wedi gweld dyddiau llawer iawn gwell.

Drwy lwc, mi glywson ni am gynlluniau'r Cyngor i adeiladu stad o dai fforddiadwy ryw filltir y tu allan i'r dref hon ac mi gyflwynon ni gais am un o'r tai hyn yn reit sydyn. Ond darganfûm fod y term 'fforddiadwy' yn oddrychol iawn, os nad yn gwbl ddiystyr. A gwrthodwyd ein cais beth bynnag, gan fod Rhys a minnau'n ennill gormod o gyflog i fod yn gymwys i'n rhoi ar y rhestr aros ar gyfer un o'r tai honedig fforddiadwy hyn. Ac ar ôl misoedd o ymgynghori seithug ag arwerthwyr a chymdeithasau tai, gwasanaethau morgeisi banciau amrywiol ac adran gynllunio'r Cyngor Sir, teimlwn fel Culhwch yn ceisio cyflawni'r Anoethau. Mae ymgartrefu ym mro ein mebyd, hyd heddiw, yn dal i deimlo fel breuddwyd gwrach, ac fel y mae pethau ar hyn o bryd, rydym yn fwy tebygol o weld y Twrch Trwyth yn pori gyda'r geifr yn Nant Gwrtheyrn na phrynu tŷ yma ym Mhen Llŷn. A dylwn nodi hefyd nad ydi Nant Gwrtheyrn ar y map erbyn heddiw.

Er bod Rhys a minnau'n wreiddiol o Nefyn, yn y Nant y daethom i adnabod ein gilydd yn iawn. Gofalwr oedd Rhys, a fo oedd yn gyfrifol am gynnal a chadw'r safle: y caffi, y bythynnod, y ganolfan dreftadaeth, yr ystafelloedd dysgu ac ati. A thiwtor Cymraeg i Oedolion oeddwn i. Ac yno, yn y Nant, y dechreuais fy ngyrfa amser maith yn ôl, pan oedd y lle yn dal i fod yn Ganolfan Iaith. Does dim dosbarthiadau Cymraeg yn y Nant erbyn hyn. Bellach, dim ond y brain a'r geifr sy'n dal i gyfeillachu yn Gymraeg yno. Daeth y cyrsiau Cymraeg i ben yn ddisymwth ar ôl i Gyfeillion Gwrtheyrn fynd i ryw drybini ariannol nes nad oedd dewis ganddynt ond chwilio am brynwyr i geisio achub ac adfer y safle.

Ond, wrth gwrs, nid achubwyd y Nant. Gwerthwyd y tir a'r bythynnod i gwmni preifat o Loegr a drodd y safle yn bentref gwyliau, Hengist Holiday Cottages, yn union fel Nature's Point (neu Pistyll, a defnyddio hen enw'r pentref), sydd ryw bedair milltir i lawr y lôn.

Does dim croeso o gwbl i bobl leol fel Rhys a minnau yno erbyn heddiw, ac mae hynny'n peri tristwch mawr i mi gan mai ym Mhorth y Nant y gofynnodd Rhys i mi ei briodi. Cofiaf y diwrnod fel ddoe. Ar ôl prynhawn ofer o dreiglo ac am-ar-at-io gyda chriw o ddysgwyr rhwystredig, edrychwn ymlaen at gael mynd adref i swatio gyda'r gath. Ond wrth i mi danio'r car cefais neges gan Rhys yn mynnu fy mod i'n ei gyfarfod ar draeth graeanog Porth y Nant. Bu ond y dim i mi wrthod. Roeddwn yn rhy flinedig o lawer i gerdded i lawr y llwybr serth at y môr y noson honno, ond synhwyrwn ryw dinc o argyfwng yn y neges na allwn 'mo'i anwybyddu. A chan ei bod hi'n noson mor braf beth bynnag, a machlud Llŷn yn rhyfeddod yn union fel y machlud a ddisgrifiodd T. Rowland Hughes yn ei gerdd, diffoddais yr injan a mynd i chwilio amdano.

Pan gyrhaeddais y traeth doedd dim golwg ohono. Fi fyddai'n hwyr fel arfer ac roedd hi'n dipyn o jôc rhyngom fy mod i'n warthus o amhrydlon. Mi fyddai o wastad yn dweud y byddwn i'n siŵr o fod yn hwyr i'm hangladd fy hun, heb sôn am fy mhriodas.

Ond dyma fo'n ymddangos o'r diwedd, yn brasgamu i lawr y llwybr yn ei ofarôls. Roedd golwg ryfedd arno, golwg nerfus, a minnau'n gwneud dim i leddfu ei nerfusrwydd wrth edrych yn stowt arno. Roeddwn i wedi dechrau oeri erbyn hyn. Roedd ias diwedd Awst yn rhoi min ar yr awel y noson honno a'r haul yn suddo'n slei bach i'r môr. Lapiais y gôt weu yn dynnach amdanaf gan groesi fy mreichiau yn athraweslyd ar draws fy mron.

'Rhys, dwi wedi bod yn disgw–'

Ond cyn i mi fedru gorffen dwrdio, baglodd i lawr ar ei bengliniau a thynnu bocs bach du o'i boced.

'Wnei di fy mhriodi, Meinir?'

'O Rhys! Gwnaf, wrth gwrs! Gwnaf, gwnaf, gwnaf!'

Roeddwn wastad wedi gobeithio priodi cyn dechrau cyd-fyw. Hen ffasiwn, mi wn. A chan fod y ddau ohonom wedi mynychu'r ysgol Sul yng Nghapel Bethania ym Mhistyll ers talwm, ac wedi cael ein derbyn yn aelodau llawn o'r capel yn ein harddegau, roeddem wedi gobeithio priodi yn y capel hwnnw ryw ddydd. Ond yn fuan iawn ar ôl dyweddïo, fe'n gorfodwyd i ailfeddwl ac i chwilio am gapel arall.

Un noson, wrth fusnesu ar wefannau arwethwyr tai yn fy

ngwely yn llawn anobaith, cefais sioc o weld fod Capel Bethania ar werth. Rhoddais ganiad i Rhys ar unwaith – chafodd o 'mo'i synnu gan y newyddion. Roedd staff y caffi yn y Nant eisoes wedi dweud wrtho fod 'na sôn bod rhywun yn rhywle eisoes wedi cael caniatâd cynllunio gan rywun yn rhywle i droi'r hen gapel yn dŷ haf.

Teimlwn yn siomedig ac yn rhwystredig, yn rhy ddig o lawer i gysgu. Es i ar yr holl wefannau cymdeithasol ar fy ffôn gyda'r bwriad o wyntyllu. Ond cyn i mi gamu ar fy mocs sebon yn y rhithfyd a dechrau achwyn, cefais neges gan Rhys yn datgan ei fod wedi prynu raffl i ennill cartref ym Mhen Llŷn. 'Be? Go iawn?' gofynnais innau mewn anghrediniaeth. Ymatebodd drwy anfon y ddolen i wefan y gystadleuaeth ataf.

Cliciais ar y ddolen a'm harweiniodd i wefan y gystadleuaeth i ennill 'dream cottage on the Lleyn'. Gwyddwn yn fy nghalon mai sgam gyfalafol oedd y gystadleuaeth hon, ond yn gwbl groes i'm hegwyddorion, prynais ddau docyn raffl – pum punt yr un – un i mi ac un arall i Rhys. Ddarllenais i 'mo'r telerau a'r amodau o gwbl, roeddwn yn fyrbwyll braidd. Y cwbl a welais oedd fod yr arian yn mynd i ryw elusen a oedd yn helpu plant bach bregus. Chwarae teg, meddyliais ar y pryd, yn ddifeddwl-drwg.

Cyhoeddwyd mai dynes o Swydd Lincoln a enillodd y gystadleuaeth raffl, ac mae hi'n edrych ymlaen, yn ôl y datganiad ar y wefan, at gael defnyddio'r bwthyn fel tŷ haf. Datgelwyd hefyd fod trefnwyr y gystadleuaeth (perchnogion gwreiddiol y tŷ, rhyw gwpl o Lundain sydd hefyd yn berchen ar gwmni sy'n arbenigo mewn datblygu eiddo) wedi gwneud elw slei o dros ddau gan mil yn y broses, a hynny yn sgil ymgyrch farchnata dra llwyddiannus yn y papurau Llundeinig a'r wasg 'Gymreig'. Deallais hefyd mai dim ond canran gymharol fechan o'r elw a roddwyd i'r elusen (a honno yn Lloegr). Onid oes ffyrdd gwell, llai dinistriol, llai dan-din, tybed, o godi pres at elusennau na rafflo tai mewn ardal lle mae bron i chwe deg y cant o'i thrigolion yn methu fforddio prynu cartref?

Pa obaith sydd gan drigolion Llŷn, a chyplau ifanc fel Rhys a minnau, i …

Reit. Lle dwi'n dechra efo hon 'ta? Wel, i gychwyn, dydi'r awdur hwn, pwy bynnag ydi Gwrtheyrn, ddim yn gynnil iawn. Nid hon ydi'r stori ora yn y gystadleuaeth hyd yma, ond fedra i'm deud mai hon ydi'r sala chwaith. Mae'r mynegiant yn llacio nes iddo ddatod yn llwyr wrth i rant yr awdur fynd yn drech na'r stori ei hun, ac o ganlyniad, mae'r awdur yn colli rheolaeth arni. Er hynny, rhaid i mi ddeud 'mod i'n cydymdeimlo'n arw â Meinir, y prif gymeriad, yn enwedig fel hogan gymharol ifanc o'r dre fach lan môr honno a ailenwyd yn 'Brinepool' yn y stori.

Iawn, ocê, yndi, mae'n wir bod yr hen dre 'ma wedi gweld dyddia llawar gwell. Mae'r awdur yn deud y gwir yn fanna. Mae 'na gachu ci ym mhob man yma, yn hagru'r cei a'r cob a'r prom. Mae'r strydoedd yn llwyd ac yn fudur ac mae'r adeilada yn llwyd ac yn wag. A phan fydd y llanw ar drai, yn y mwd yn yr harbwr ymhlith y gwylanod a'r crehyrod a'r elyrch, mi ddaw pob matha o sbwriel i'r golwg: hen deiars neu esgyrn beic, sgerbyda rhydlyd hen drolis, côns oren, poteli plastig a gwydra a chania gweigion. Ac mae 'na gracia ar hyd ei phalmentydd sy'n siŵr o faglu'r rhai nad ydyn nhw'n nabod ei strydoedd fatha dwi'n eu nabod. Ond er gwaetha hyn i gyd, dydi byw yma ddim yn gosb o bell ffordd ac mae 'na bobol yn dal i ddŵad yma ar eu gwylia bob haf. Mae 'na lan môr neis yma, chwara teg, ac mae'r ffaith fod Cynan wedi'i eni a'i fagu yma yn dal i olygu rwbath i rywun, ella. Ond, wedi deud hynny, dwi'n cofio astudio modiwl Barddoniaeth yr Ugeinfed Ganrif yn fy mlwyddyn gynta yn y brifysgol flynyddoedd maith yn ôl, a'r darlithydd yn ei gyflwyno i ni'n ddigwestiwn fel 'un o hogia enwoca'r dre'. A dwi'n cofio meddwl bryd hynny, 'Ia, ond am ba hyd, 'de?' Achos mae bythynnod unig fatha'r un y canodd amdano ('heb ddim o flaen ei ddor', ac ati) bellach ar werth am bron i hannar miliwn, felly dwn i'm pa mor enwog fydd o rownd ffor' hyn ymhen blynyddoedd os bydd prisia tai'n dal i godi fel maen nhw.

Beth bynnag. Yn ôl at y stori fer. Gan fy mod i'n nabod y llefydd y mae'r awdur, Gwrtheyrn, yn cyfeirio atyn nhw yn ei stori, dwi'n teimlo y medra i uniaethu ar lefal bersonol efo rhwystredigaeth y prif gymeriad. Fel hyn ro'n inna'n teimlo hefyd pan o'n i'n chwilio am dŷ ym Mhen Llŷn efo Owain. Ar ôl darganfod 'mod i'n feichiog, a ninna'n dal i fyw ar wahân, yn dal i fyw efo'n rhieni – fi ym Mhwllheli a fynta 'nghanol nunlla, jest tu allan i bentra Aberdaron, mewn hen statig ddigon pethma yng ngwaelod yr ardd – mi benderfynon ni ddechra chwilio am dŷ i'w rentu, a hynny ar frys. Doedd dim otsh gynnon ni lle ym Mhen Llŷn, a deud y gwir, dim ond ein bod ni 'yr ochor iawn i'r Eifl, yndê!' fel y byddai Owain yn ei ddeud yn chwareus ond yn hollol ddifrifol hefyd. Roedd tai rhent yn brin yn yr ardal, yn enwedig tai fasa'n addas i rieni newydd, di-glem â babi bach, fatha ni'n dau.

Ar ôl dŵad efo ni un diwrnod i weld un o'r tai a dychryn o

weld y tamprwydd yn sleifio i fyny'r walia a llysnafedd gwlithod yn rhubana sgleiniog ar garpad y grisia, doedd Mam a Dad ddim yn hapus yn meddwl amdanon ni fel teulu bach o dri yn rhoi cannoedd ar gannoedd ym mhocedi rhyw landlord diog bob mis er mwyn cael byw mewn tŷ mor sobor o ddigalon. Felly mi benderfynon nhw gynnal seiat yn eu cegin efo rhieni Owain ynglŷn â'n sefyllfa ni. Ar ôl trafodaeth gall a chyfeillgar, a thipyn go lew o wneud syms dros debotiad o de a phacad cyfa o ddeijestifs, roedd ganddyn nhw gynllun. Rhwng ei gilydd, mi lwyddon nhw i grafu digon o'u cynilion ynghyd i gyfrannu at flaendal a fyddai'n ein galluogi i fforddio morgais na fyddai'n ein crogi'n ariannol ac a oedd yn rhatach o lawar na chosta misol y tŷ rhent mwya crap ar y penrhyn. A diolch iddyn nhw, 'dan ni'n tri – fi, Owain a Gwern – erbyn hyn yn byw'n eitha cyfforddus yn ein tŷ bach teras ym Mhwllheli.

Mi fuon ni'n ffodus iawn o ran y broses gyfnewid a ballu, ac mi ddigwyddodd bob dim yn rhyfeddol o esmwyth. Dim tshaen, dim problema. Roedd angan gwneud chydig o waith clirio, twtio a pheintio ond dim byd mawr, diolch byth. Roedd y tŷ mwy neu lai'n barod i ni symud i mewn iddo fel ag yr oedd o. Erbyn heddiw ac ers geni Gwern, efo'r holl drugaredda rydan ni wedi'u casglu fel rhieni newydd, mae'r tŷ yn teimlo'n llawar iawn llai, a'r llanast diddiwadd yn teimlo'n ormesol ar brydia, ac yn fy mygu. Ond fedrwn ni ddim fforddio prynu tŷ mwy na'r un sydd gynnon ni, felly does 'na'm pwynt meddwl am hynny. Mae gynnon ni do uwch ein penna. Mae gynnon ni gartra. Ac mae hynny'n fwy na sydd gan lawar un. 'Dan ni'n ddychrynllyd o lwcus a does gen i ddim lle na hawl i gwyno. Faswn i'm yn meiddio.

Dwi'n cofio golygydd y papur bro yn fy ngwahodd un diwrnod i sgwennu erthygl ar yr argyfwng tai yn yr ardal chydig fisoedd ar ôl i ni symud i mewn i'n cartra newydd, tua deufis ar ôl geni Gwern, a finna'n methu'n glir â deud dim am y sefyllfa ac yn teimlo nad oedd gen i'r hawl i ddeud dim chwaith. Ond y peth ydi, mi oedd gen i andros o lot, mewn gwirionadd, i'w ddeud am yr argyfwng tai ac roedd y golygydd yn gwybod hynny'n iawn achos dyna pam y gofynnodd hi i mi sgwennu am y pwnc yn y lle cynta. Ond roedd Owain a fi wedi cael hwb go sylweddol gan ein rhieni i gamu ar yr ysgol eiddo, a do'n i jest ddim yn teimlo'n gyfforddus yn sgwennu erthygl fel petawn i'n rhyw ladmerydd dros bawb nad oedd yn gallu fforddio tŷ yn yr ardal. Ro'n i'n teimlo'n llawar rhy freintiedig, felly dyma fi'n gwrthod y cynnig i sgwennu gydag ymddiheuriada chwithig. Roedd gen i ormod o gywilydd i ddeud y gwir wrthi, a finna wedi rhefru a chwyno cymaint am ail dai yn yr ardal. Ond do'n i'm am i neb feddwl 'mod i'n rhagrithio, felly mi ddefnyddis i Gwern druan fel esgus.

Ta waeth. Dwi wedi dilyn sgwarnog rŵan. Dwi'n un ddrwg am wneud hynny. Mi fasa'n well i mi ddychwelyd at stori Gwrtheyrn gan mai dyna ydi holl bwrpas y llyfr nodiada 'ma i fod: sgwennu am straeon pobol eraill, nid adrodd fy straeon fy hun. Mi geith Gwrtheyrn le cyfforddus yn yr ail ddosbarth gen i. Er 'mod i'n dallt, yn cydymdeimlo ac yn medru uniaethu â'r cymeriada, dydi'r stori hon ddim *cweit* yn ddigon cynnil i mi fedru cyfiawnhau ei rhoi yn y dosbarth cynta. Ond dwi'n siŵr tasa Owain yn feirniad yn y gystadleuaeth 'ma, stori Gwrtheyrn fasa'n cyrraedd y brig ganddo. Mae'r busnas ail dai 'ma yn dân ar ei groen o.

Dwn i'm sawl gwaith mae Owain wedi deud wrtha i am hanas y ffrwgwd fu rhyngddo fo a pherchennog Airbnb annifyr ym Morfa Nefyn un tro. Ddechra Gorffennaf oedd hi, medda fo, jest cyn i'r ysgolion gau am yr haf, a dim ond newydd ddechra gweithio fel prentis trydanwr dan adain ei dad oedd o ar y pryd. Dyma fo'n cael neges un bora gan Lynne, Saesnes o gyffinia Swydd Caer a oedd newydd brynu ei *lovely little bolthole* ym Morfa Nefyn efo'i gŵr, Eric, fel prosiect i'w cadw nhw'n brysur ar ôl ymddeol. Doedd Owain ddim yn gyfforddus iawn yn 'hwrio'i hun' i'r Cheshire Set a'u tai haf, chwedl ynta, ac roedd ei defnydd o'r gair 'bolthole' yn y neges a adawodd ar ei ffôn wedi codi'i wrychyn o rywfaint cyn cychwyn, ond doedd ganddo ddim llawar o ddewis. Saeson bôrd a chefnog fatha Lynne ac Eric a'u prosiecta 'be nawn ni ar ôl ymddeol?' oedd ei fara menyn o y dyddia hynny, ac roedd hi'n swnio'n ddigon cyfeillgar, o leia. Roedd pob ceiniog yn cyfri os oedd o am gynilo digon i symud allan o'r garafan damp honno yng ngardd ei rieni cyn iddo gyrraedd ei hannar cant.

Roedd eu *bolthole* yn swatio yng nghanol rhes o dai *semi-detached* a arweiniai i lawr i'r traeth – *millionaire's row* y pentra, yn ôl Owain. A hitha'n ddiwrnod tanbaid ym mis Gorffennaf, roedd heidia o bobol yn fflip-fflopian i gyfeiriad y môr efo'u *windbreakers* a'u tyweli dan eu ceseilia, yn straffaglu i lawr yr allt efo'u *coolbags* yn llawn dop o frechdana bach triongl mewn ffoil, pacedi myltipac o greision a Capri Sun a photeli cwrw oer yn clecian bob cam.

Cael a chael fuodd hi iddo ffendio lle i barcio'r fan y diwrnod hwnnw, ond yn y diwadd mi lwyddodd i'w stwffio wrth ochor y pafin o flaen wal frics oedd yn gwahanu dau dŷ. Wrth barcio, sylwodd ar yr estyniad newydd ar y tŷ o'i flaen. Rargol, mae'n rhaid mai tŷ haf oedd hwn, meddyliodd, achos fasa pobol leol no wê wedi cael caniatâd gan Planning i adeiladu estyniad mor fawr, a hwnnw'n horwth o beth hefyd. Ceisiodd gamu o'r fan heb gael ei daro i'r llawr gan y ceir mawr crand a wibiai heibio, ac estynnodd ei ffôn o'i bocad i wirio'r cyfeiriad. Edrychodd i'r chwith ac i'r dde ac roedd o ar fin croesi'r lôn pan welodd o Audi Q5 gwyn dilychwin yn dŵad rownd y gornal ac yn gyrru tuag ato i gyfeiriad y traeth.

Sylwodd fod y gyrrwr yn arafu wrth gyrraedd ei fan. 'Be ma' hwn isio?' meddyliodd. Wrth i'r car nesáu, gwelodd gwpwl yn eu tridega cynnar yn ista yn y ffrynt a hogyn bach tua dyflwydd oed yn cysgu'n sownd yn y cefn. Ymlaciodd pan welodd y sticeri Pays de Galles a Cofiwch Dryweryn yn ddatganiada croch ar din y car, a chodi'i law ar y gyrrwr i'w gyfarch. Stopiodd y car chydig o flaen y fan, a'r injan yn dal i redag.

'Chdi bia hwn?' gofynnodd y gŵr fel bwlad gan bwyntio'n wyllt at y fan drwy'r ffenast.

'Ia ...' Edrychodd Owain yn hollol syn arno. Sylwodd fod y wraig yn gwgu arno fel bwch y tu ôl i'w gŵr.

'Wel, symuda fo, 'ta!'

'Be?'

'Ti ddim i barcio yn fama!'

'Pam?'

'Ma' trwyn y fan yn blocio'r dreif, i ddechra arni!'

'Na'di tad! 'Di o'm yn agos at y dreif!'

Cyn i'r gŵr gael cyfla i ymatab, dyma'r wraig yn pwyso dros ei lin at y ffenast i geisio lleddfu'r tensiwn rhwng y ddau cyn i betha fynd yn rhy flêr.

'Yli, mae gynnon ni fisitors yn aros efo ni yn yr estyniad,' medda hi, gan bwyntio at ddarn newydd y tŷ, fel petai'r esboniad hwnnw'n mynd i ennyn mwy o gydymdeimlad a dealltwriaeth gan Owain.

'Ia, a?'

'A, wel, 'dan ni angan i chdi symud dy fan.'

'Wela i'm côns yn nunlla, ac eniwe, lôn gyhoeddus 'di hon, ia ddim?'

Eiliad ddieiria. Dyna gau eu cega nhw, meddyliodd Owain. Trodd ar ei sawdl gan feddwl ei fod wedi cael y gair ola.

''Dan ni 'di deutha chdi unwaith,' chwyrnodd y gŵr. 'Chei di'm parcio'n fama! Mae gynnon ni fisitors yn dŵad i aros yn yr estyniad ...'

Styfnigodd Owain.

'... ac maen nhw ar eu ffordd yma ...'

Doedd o ddim am ildio.

'... ac mae gynnyn nhw ddau gar ac maen nhw angan lle i barcio'u ceir!'

'Ia, ac mi fyddan nhw'n anhapus iawn os gwelan nhw fod 'na ddim lle i barci–'

'Ond eich problem chi ydi hynna, 'de,' torrodd Owain ar draws y ddau. Roedd o wedi syrffedu ar y sgwrs ers meitin. Tasach chi heb adeiladu estyniad mor fawr, mi fasa 'na fwy o le ar y dreif, meddyliodd. 'Ac eniwe, dydi hi ddim yn lôn breifat. Y Cyngor bia'r lôn 'ma. Mae gen i berffaith haw–'

'Ti'n thic 'ta be?' Roedd y gŵr wedi'i cholli hi erbyn hyn. 'Symuda dy fan rŵan, neu mi fydda i'n ei symud hi drosta chdi!'

'O, ffwcio chi a'ch ffocin fisitors,' medda Owain dan ei wynt, ond yn ddigon eglur i'r ddau fedru clywad heb styrbio'r plentyn.

Trodd ei gefn arnyn nhw eto a dechra croesi'r lôn i chwilio am y *bolthole*.

'Iolo! Paid!' sgrechiodd y wraig.

O gornal ei lygad, mi welodd Owain y gŵr yn cythru allan o'r sêt ffrynt gan faglu dros ei felt yn ddiurddas. Edrychai fel petai am groesi'r lôn a'i ddilyn i roi cweir iddo, ond chafodd o 'mo'r cyfla i wneud dim, dim ond rhoi cic fach slei i olwyn y fan ar y ffordd yn ôl i'w gar. Doedd ganddo ddim dewis ond brysio yn ôl yn reit handi gan fod 'na Range Rover mawr wedi troi i lawr y stryd erbyn hynny, ac wedi stopio reit yn nhin ei gar. Clywodd Owain y gŵr yn gweiddi arno drwy'r ffenast.

'Dwi'm isio gweld dy fan di ar gyfyl ein tŷ ni eto! Os gwelan ni ...'

Erbyn hyn, roedd gyrrwr y Range Rover yn canu'i gorn yn ddigywilydd ac yn boddi'r bygythiad.

'Paid â phoeni, mêt!' gwaeddodd Owain dros y twrw, 'ddo i ddim yn ôl 'ma eto!'

Cymerodd gip sydyn ar y cwpwl dros ei ysgwydd. Roedd y wraig yn sefyll ar y dreif a bagia siopa rownd ei thraed, yn cuchio'n biwis arno drwy'i Ray Bans a'i breichia'n gwlwm blin dros ei bron tra oedd ei gŵr yn cario'r mab i'r tŷ. Erbyn hyn roedd Owain wedi myllio gormod i gyflawni unrhyw waith ar brosiect Eric a Lynne, ac felly penderfynodd ei throi hi am adra cyn i'r gŵr ddŵad yn ôl allan i roi bricsan drwy ffenast y fan. Wrth sbio'n ôl, go brin y basa rhywun oedd wedi'i wisgo o'i gorun i'w sawdl fatha *mannequin* ar lawr siop John Lewis yn meiddio gwneud y ffasiwn beth, yn enwedig o flaen ei wraig a'i blentyn a'r fisitors a'u cŵn. Taniodd Owain y fan a rhoi caniad sydyn i Lynne i ymddiheuro, gan ddeud bod rwbath wedi codi ac nad oedd dewis ganddo ond gohirio'r gwaith y diwrnod hwnnw. Mi addawodd y basa'i dad yn siŵr o gyflawni'r job iddyn nhw cyn diwadd yr wythnos. Roedd hi'n glên iawn, chwara teg, ac yn fwy rhesymol na'r ddau yma, beth bynnag.

Yr haf hwnnw, fel pob haf ym Mhen Llŷn, sleifiodd y gwylia heibio'n sydyn, ac er gwaetha'r glaw di-baid daeth yr ymwelwyr yma yn eu heidia, yn un grŵn cyson o draffig blin ar hyd yr A497 a'r A499. Ac ar drawiad amrant roedd hi'n fis Awst – y mis Awst gwlypa ers blynyddoedd, yn ôl Owain, a phenwythnos gŵyl y banc wedi glanio ar y penrhyn fel nyth cacwn. Roedd yr ardal dan ei sang ac yn gwegian dan dwristiaid y penwythnos hwnnw. A dyna pryd y cafodd Owain alwad frys gan ei dad. Ben bora Sadwrn oedd hi, a'r bora hwnnw roedd Owain yn pydru wedi noson drom yn yfad ei hochor hi yn Aberdaron. Mistêc, fel arfar, oedd rhoi gwahoddiad i'r straglars a fyddai'n loetran rownd y pentra wedi i'r unig ddwy dafarn gau eu drysa am y noson, i barhau'r sesh yn y garafán (doedd y garafán ddim yn 'gartra' iddo bryd hynny, dim ond yn lle handi iddo fo a'i ffrindia fynd i yfad cwrw). Clywodd ei ffôn yn dirgrynu o dan y gobennydd, ac roedd ei ben yn curo mor ofnadwy nes ei fod yn siŵr y basa'i benglog yn hollti wrth iddo droi i weld pwy oedd yn ffonio. Ei dad oedd yn galw, i ofyn ffafr.

'Yli, Owain, dwi'n gwbod bo chdi ddim i fod i weithio heddiw, ond dwi angan dy help di. Mae 'na bobol wedi ffonio isio i mi fynd draw i jecio'r letrics yn 'u hecstension newydd ar ôl y glaw mawr 'na am fod gynnyn nhw bobol yn aros yno wicend 'ma. Ia, Airbnb ydi o ... wel, yr ecstension 'lly ... naci, dim Saeson. Cymry Cymraeg ydyn nhw.' Roedd pen Owain yn brifo gormod i brosesu unrhyw wybodaeth, heb sôn am gynnal sgwrs.

'O, iesgob, Owain, wyddost ti pwy ydyn nhw, siŵr. Y ddau oedd ar Radio Cymru rai blynyddoedd yn ôl yn crio a nadu 'u bod nhw'n methu fforddio tŷ ym Mhen Llŷn ac mi deimlodd Ann Roberts Mynytho bechod drostyn nhw, yn do, ac mi werthodd ei thŷ iddyn nhw yn is o lawar na'r *asking price* cyn iddi symud i'r cartra. Graduras. Mi fasa hi'n troi yn ei bedd tasa hi'n gwbod 'u bod nhw wedi gwerthu'r tŷ ymlaen am bris uwch o lawar a hwnnw erbyn hyn yn dŷ ha' ... Wel, ia, dyna sut gafon nhw bres, yndê, i brynu'r tŷ mowr 'na ym Morfa Nefyn, a gwneud digon o elw i fedru fforddio rhoi clamp o ecstension arno fo hefyd. Ond 'ta waeth am hynny, pres 'di pres, felly dos di rŵan i sortio'r broblam dŵr 'ma i mi ... Na, fedra i ddim, Owain, achos ma' gin i ormod o jobsys ochra Abersoch heddiw. Diolcha bo chdi'm yn gorfod mynd i fanno 'ta, 'ngwashi, neu mi fasa chdi'n torri dy galon! O leia ma'r ddau yma'n siarad Cymraeg dydyn, ma' hynna'n rwbath, dydi? ... Grêt. Diolch, Ows. Mi anfona i'r cyfeiriad ata chdi rŵan.'

Dirgrynodd y ffôn eto ac agorodd Owain y neges. Hyd yn oed yn nryswch ei hangofyr a'i ben yn drwm ac yn niwlog, roedd o'n nabod y cyfeiriad yn iawn. Ac ar hynny, heb oedi dim, mi ffoniodd ei dad yn ôl i ddeud y basa'n well o lawar ganddo fynd i Abersoch i ganol y Saeson.

Dwi'n mynd ar ddisberod rŵan. Yn ôl â fi at y straeon byrion 'ma cyn i Gwern ddeffro. Mae 'na ddau awdur arall yn y gystadleuaeth, fel Gwrtheyrn, wedi creu fersiyna newydd o hen chwedla lleol, neu straeon sy'n gysylltiedig rywsut â bro'r Eisteddfod eleni: 'Sochach' a 'Merch y Wendon Hallt'. Mae Sochach wedi trio – a methu – defnyddio chwedl Clustia March i ddramateiddio hanas cau Ysgol Abersoch, nid yn annhebyg i stori Gwrtheyrn, ond dydi o jest ddim yn gweithio. Mae o wedi enwi'i brif gymeriad yn March ap Meirchion, a dwi'n ama bod elfen enllibus i'r stori, felly gwell peidio â rhoi gormod o sylw iddi.

Cyn i mi fynd ymhellach dwi *yn* teimlo fel deud yn rwla yn fy meirniadaeth na cheith yr awduron 'ma farcia ychwanegol gen i am leoli eu straeon yn Llŷn, a chwara efo chwedla a chyfeiriadaeth leol a ballu, jest am fod y Brifwyl yn digwydd mewn cae ym Moduan eleni. Dwi ddim yn feirniad dwl. Dwi'n gwybod yn iawn am y tactega i gyd achos ro'n i'n arfar cystadlu yng nghystadlaetha rhyddiaith yr Urdd pan o'n i yn yr ysgol uwchradd ers talwm. Wedi deud hynny, dwi'n eitha licio stori Merch y Wendon Hallt.

*   *   *

FFUGENW: MERCH Y WENDON HALLT
Y Pysgotwr

Un swil oedd o, meddan nhw, efo merched erioed. Un ynfyd o swil, o ddyn trigain oed. A choeliech chi ddim, ond roedd o'n briod unwaith. Pharodd y briodas ddim yn hir am ei fod yn mynnu bod ei wraig yn gwisgo cynffon pysgodyn PVC yn y gwely. Doedd ei wraig erioed wedi deall o ble ddaeth ei obsesiwn â môr-forynion, ac er iddi ofyn a gofyn iddo, chafodd hi erioed ateb call. Ar ôl iddo orchymyn iddi orwedd ar wely o wymon un noson, dyma hi'n dweud wrtho'n ddig, 'Largo, ma' cypla eraill yn ffwcio ar wlâu o betala rhosod. Dwi 'di cael llond bol. Dwisio difôrs.'

Doedd Largo ddim yn drist bod ei wraig wedi ei adael. Doedd o erioed wedi ei charu go iawn. Yr unig ferch y credai iddo ei charu erioed oedd y fôr-forwyn brydferth a ddaliodd pan oedd yn pysgota ger Trwyn y Garreg. Doedd ei wraig ddim patsh ar honno.

Un noson braf wrth bysgota mecryll, teimlodd Largo andros o blwc ar ei lein, a'r hyn a welodd yn esgyn i'r top oedd merch ifanc luniaidd, dlos. Roedd hon yn harddach o lawer na holl ferched gwlad Llŷn. Roedd ei gruddiau cyn goched â'r cwrel ei hun, roedd ei llygaid cyn ddued ag eirin a'i gwallt yn sgleinio fel arian byw, ac mi gynhyrfodd Largo pan sylwodd ei bod yn hanner noeth, yn gwisgo dim amdani ond perlau'r dwfr rhwng ei dwyfron a chynffon bysgodyn. Môr-forwyn oedd hon. Ni allai beidio â rhythu ar y rhyfeddod o'i flaen. Gwelodd fod ei wialen yn sownd ym modrwyau ei gwallt, a chyda bysedd crynedig, dechreuodd ei thynnu'n nes ac yn nes ato heb godi ofn arni. Heb wybod yn iawn beth i'w ddweud na beth i'w wneud nesaf, daeth ryw ysfa drosto ac mi geisiodd ei chusanu.

'Dim diolch!' meddai hithau'n stowt gan wingo'n wyllt, 'dach chi'n rhy hen i mi i ddechra arni, ac yn rhy *intense* o lawar.' Llwyddodd i ddatod y bachyn o'i gwallt yn reit sydyn cyn plymio'n ôl at ei ffrindiau a oedd yn disgwyl amdani o dan ddiogelwch y don.

Mi bwdodd Largo yn ôl y sôn, yn enwedig ar ôl clywed bod Now Ostrelia o bawb wedi llwyddo i ddal un fach handi yn ei rwyd a'i chadw 'fel pet', medda fo, y diawl lwcus. Ac felly, bob nos, yn ddi-ffael, ar ôl i'w wraig ei adael, âi Largo yn ei gwch ym mhob tywydd i chwilio am y gnawes a lithrodd o'i afael. Roedd yn benderfynol o'i dal hi ryw ddiwrnod. Byddai'n eistedd yng nghysgod y Garreg, mor llonydd â giâr yn gori, ei wialen yn un llaw a rhwyd yn y llall, yn barod amdani.

Camp a rhemp ydi'r stori hon. Mae pwy bynnag ydi Merch y Wendon Hallt wedi cael mwy o hwyl arni na Sochach, do, ond dydi hynny ddim yn deud llawar chwaith. Mi fentra i ddeud bod defnydd yr awdur o gyfeiriadaeth lenyddol *braidd* yn ddiog, ond dwi'n gwerthfawrogi'r hyn mae'r awdur yn trio'i wneud yn y stori. Achos mi fedra i, fel y rhan fwya o ferchaid, dybiwn i, uniaethu â phrofiad y fôr-forwyn ifanc 'ma. Ac am hynny, mi geith ymgais Merch y Wendon Hallt fod ar frig yr ail ddosbarth gen i am y tro, yn amodol ar safon y gweddill.

Un crîp sydd wedi aros yn y cof ydi Dr Eifion Rhys Morgan, am iddo ddangos i mi nad oedd otsh faint o BAs, MAs, MPhils a PhDs a oedd gan ddyn, doedd o ddim gwell na gwaeth na'r gweddill.

Un bora llwm a glawog oedd hi, ryw ddeufis ar ôl goroesi fy nghynhadledd academaidd gynta yng Nghaeredin, ac ro'n i'n brysur iawn yn tindroi rhwng stacia'r cyfnodolion yng nghrombil y llyfrgell yn trio gwneud chydig o ymchwil ar gyfer ail bennod fy nhraethawd MA. Ac allan o nunlla, dyma fi'n cael neges cwbwl annisgwyl gan neb llai na Dr Eifion Rhys Morgan, ysgolhaig o fri.

'A wyt ti'n wlyb?'

'Be ffwc?' Mi sibrydis i braidd yn rhy uchal o gofio lle o'n i. Ges i fy nhaflu gan y cwestiwn, do, ond hefyd gan yr 'a' gofynnol. Dim ond un person o'n i'n ei nabod fasa'n defnyddio'r 'a' gofynnol mewn neges o'r fath. Yn hytrach na'i anwybyddu, mi benderfynis i atab ei gwestiwn.

'Dwi'n darllan erthygl ar ôl-foderniaeth a Roland Barthes, felly, nac ydw. Pam ydach chi'n gofyn y fath gwestiwn?'

'Paid â'm chwychwïo, Myfi. A gefaist y llun a anfonais atat?'

A dyma fi'n gweld at be roedd o'n cyfeirio. Ymddangosodd elipsis bach ar waelod y sgrin i ddynodi ei fod o wrthi'n teipio neges arall. Ro'n i wrthi'n trio darllan ysgrif academaidd go ddyrys er mwyn ei thrafod hi â'm tiwtor MA, ond afraid deud na fedrwn i ganolbwyntio o gwbwl ar yr ysgrif ar ôl derbyn y ffasiwn neges. Roedd gen i gyfarfod am un ar ddeg i drafod y bennod oedd gen i yn yr arfaeth ar y cysyniad o Farwolaeth yr Awdur. A hon, os cofia i, oedd pennod sala fy nhraethawd MA achos roedd yn boenus o amlwg o'i darllan hi nad o'n i wedi dallt theori Roland Barthes o gwbwl, a dwi'n rhoi'r bai i gyd ar Dr Eifion Rhys Morgan am hyn. Ro'n i jest yn methu coelio be oedd ar fy sgrin, ac yn methu'n glir â dirnad be ddiawl ddaeth drosto i wneud y ffasiwn beth. Roedd yr academydd pwysig-pwysig hwn wedi anfon llun anweddus ata i.

Y peth ola ro'n i ei angan y bora hwnnw, yn enwedig cyn cyfarfod fy nhiwtor MA, oedd derbyn *close-up* annymunol, diofyn-amdano o bidlan goch, ffyrnig, wythiennog a cheillia blewog, crebachlyd gan y dyn a roddodd gusan bowld i mi un noson feddwol yn y Colociwm Astudiaethau Celtaidd Rhyngwladol yng Nghaeredin. Mi ges i fy lluchio oddi ar fy echal yn llwyr gan y dic-pic, ac mi rois i fflich i'r ffôn yn reit sydyn i waelod fy mag fel petawn i newydd dwtsiad yn ei gedor o drwy'r sgrin. Ond o fewn eiliada, dirgrynodd y ffôn eto a doedd gen i'm dewis ond estyn amdano o waelod fy mag i roi taw arno cyn iddo styrbio pawb yn y llyfrgell. Neges arall gan Dr Eifion Rhys Morgan. Nid llun y tro hwn, diolch byth, ond gwahoddiad ar Facebook i lansiad ei gyfrol newydd, *Kernowek? Kernewek? Kernuak? Curnoak: yr astudiaeth gyflawn gyntaf ar yr amrywiadau orgraffyddol yn y Gernyweg Fodern.* 'Be 'di'r otsh?' medda fi, gan duchan yn ddifynadd ac yn wrthddeallusol wrth ddarllan y teitl. Yn amlwg, mi wrthodis i'r gwahoddiad yn syth cyn mynd ati i wneud pob dim o fewn fy ngallu i'w atal rhag cysylltu efo fi byth eto.

Ar ôl diffodd y ffôn go iawn y tro yma, a'i gadw unwaith eto, mi benderfynis i roi'r gora i ddarllan yr ysgrif. Mi o'n i'n darllan yr un frawddeg drosodd a throsodd fel petawn i'n cnoi tshiwing-gym yn fy mhen, a'r frawddeg wedi colli'i blas ers meitin a'r geiria'n golygu dim i mi erbyn hyn. Roedd hi'n bum munud i un ar ddeg ac ro'n i'n teimlo chydig bach yn sâl ond doedd gen i'm amsar i brosesu'r ffordd ro'n i'n teimlo. Wrth sbio'n ôl, mi o'n i wedi rhisio, ond do'n i no wê am sôn wrth fy nhiwtor am y negeseuon 'ma. Felly dyma fi'n sgrwnsio'r anesmwythyd a'r ffieidd-dod oedd yn corddi y tu mewn i mi a'a stwffio'n ddi-hid fel hen bapurach i gefn fy meddwl. Erbyn diwadd y dydd, ar ôl cyfarfod digon chwithig o ddallgeibio a chodi cywilydd arna i fy hun wrth drio a methu trafod yr ysgrif nas darllenwyd gen i, mi o'n i'n fwy poenus 'mod i wedi swnio'n thic o flaen fy nhiwtor nag o'n i am y llun ges i y bora hwnnw, ac mae hynny'n dal i fy mhoeni hyd heddiw.

Fel dudis i, mewn cynhadledd Geltaidd fawr ges i'r fraint o gyfarfod Dr Eifion Rhys Morgan, academydd, ymchwilydd, ieithydd a chyn-ddarlithydd a chanddo ddiddordeb arbennig yn y Gernyweg. Mi ges i wybod ar ôl y gynhadledd y gwir reswm pam nad oedd o'n darlithio. Am nad oedd o'n cael – dyna pam. Am ei fod o wedi ceisio – a methu – cynnau perthynas amhriodol ag un o'i fyfyrwyr israddedig, a'i bod hitha wedi cwyno amdano fo. Doedd hynny ddim yn fy synnu o gwbwl. Ond am ei fod o'n ymchwilydd gwych, yn ysgolhaig cynhyrchiol â dawn heb ei hail i falu cachu ar ffurflenni cais am grantia ymchwil, mi gafodd o aros yn y brifysgol yn dawal bach fel Darllenydd. Roedd o'n medru troi paragraffa llawn geiria fel 'effaith ymchwil ac ymgynghoriad' yn ddarna o ryddiaith greadigol y basa Dylan Thomas ei hun yn falch o'u cyhoeddi ac mi oedd o'n gynhyrchiol iawn, yn beiriant cyhoeddi ysgrifa ac erthygla, ac felly roedd o'n uffar o foi handi i'w gael mewn prifysgol pan oedd angan bodloni gofynion y Fframwaith Rhagoriaeth Ymchwil (REF). Ond mochyn oedd o, 'run fath ag

Ifan Sglyfath. Gwaeth nag Ifan, os rwbath, achos fedra i'm deud bod Ifan yn fochyn yn yr un ffordd â hwn.

Roedd Dr Eifion Rhys Morgan dipyn yn hŷn na fi. Mi faswn i'n deud ei fod o yn ei bedwardega hwyr yn braf pan o'n i'n dechra fy ngradd Meistr yn ddwy ar hugain. Ac ar noson gynta'r gynhadledd, yn y derbyniad caws a gwin mewn darlithfa fawr grand, ro'n i awê – a dwi'n golygu *awê* – yn clecio gwin gwyn er mwyn magu digon o hyder i 'rwydweithio' efo darlithwyr, ymchwilwyr a myfyrwyr ôl-radd a oedd yn swnio'n llawar clyfrach ac yn llawar mwy ysgolheigaidd na fi. Sefyllian yn lletchwith yn gwrando ar fy ffrind a'm cyd-fyfyriwr MA, Dyfan, yn siarad yn wybodus ac yn huawdl efo ysgolhaig o Ddulyn am bolisïa iaith Cymru ac Iwerddon o'n i pan ddaeth Dr Eifion Rhys Morgan ata i a dechra fy holi'n dwll am fy ymchwil. Erbyn hynny ro'n i'n eitha chwil ac yn gallu malu cachu am fy mhwnc cystal â phob sgolor arall yno. Ro'n i'n siarad mor hyderus nes o'n i o ddifri'n dechra coelio'r clwydda sgwennis i ar y ffurflen gais am gyllid MA lle o'n i wedi datgan yn dalog fod fy ymchwil arfaethedig i lenyddiaeth Gymraeg ôl-fodernaidd y nawdega cynnar yn waith arloesol, yn bellgyrhaeddol ac yn mynd i newid y byd yn llwyr.

Mi ofynnis i i Dr Eifion Rhys Morgan be oedd ei faes ymchwil o, a dyma fo'n deud bod ganddo ddiddordeb arbennig yn y Gernyweg. Mi ddudodd o wrtha i ei fod o wedi rhoi'r gora i ddarlithio ac yn canolbwyntio bellach ar ymchwilio a sgwennu a chyhoeddi. Roedd o ar y pryd yn Ddarllenydd Ieithoedd Celtaidd (Ieithoedd Celtaidd P yn benodol, medda fo), mewn rhyw brifysgol yng Ngwlad Pwyl.

Roedd noson o *ceòl tradaiseanta* a *ceilidh* wedi'i threfnu mewn tafarn gyfagos ar ôl y derbyniad, ond gan fy mod i'n cyflwyno fy mhapur academaidd ben bora trannoeth, a chan mai hon oedd fy nghynhadledd gynta hefyd, a'm nerfa'n racs grybibion, mi benderfynis i mai'r peth calla i'w wneud fasa'i throi hi am fy ngwely er mwyn codi'n gynnar i ddarllan dros y papur. Do'n i ddim yn ddigon hyderus i fedru traethu am fy ymchwil heb fy nodiada o 'mlaen. Y cynllun felly oedd codi fy mhen o'r papur bob hyn a hyn i edrych ar y gynulleidfa fatha o'n i'n ei wneud yn y capal ers talwm pan o'n i'n gorfod darllan emyn neu adnod yn y sêt fawr yn y gwasanaeth Diolchgarwch.

Mynnodd Dr Eifion Rhys Morgan fy hebrwng o'r dafarn i'r gwesty er mwyn sicrhau 'mod i'n cyrraedd yn saff. O, chwara teg iddo, am fonheddig, meddyliais, yn ddiolchgar ac yn ddiniwad. Doedd y gwesty ddim yn rhy bell o'r dafarn, ond ro'n i'n gwerthfawrogi'r cwmpeini gan nad oedd gen i syniad lle o'n i'n mynd, nac yn cofio ar ba stryd oedd y gwesty. Ond ar ôl rhyw ddeng munud o gerddad a gwrando arno'n cwyno a rhefru am amserlen y gynhadledd, dyma fo'n newid trywydd y sgwrs yn llwyr ac yn gollwng *bombshell* arna i.

'Myfi, paid â meddwl fy mod i'n rhyfedd, ond rhaid i mi gyfaddef fy mod i wedi bod yn dy edmygu ers ben bore. Sylwais arnat ti'n syth, yn eistedd yn yr ail res yn y sesiwn ddifyr ar *diachronic and synchronic aspects of Q-Celtic languages*. Ti, yn anad yr un ferch arall yma, yw'r harddaf yn y gynhadledd.'

'O waw ... diolch i chi?' medda finna'n wylaidd, gan feddwl yn fy meddwdod fod hynny'n andros o beth clên i academydd pwysig fatha fo ddeud wrth hogan mor blaen a di-nod â fi.

'Ti, nid chi. Tydïa fi, plis Myfi,' sibrydodd, yn gwneud ei ora erbyn hyn i swnio'n gyfareddol. Mi drois fy mhen i ffwrdd i osgoi ei drem ac mi driais guddio y tu ôl i 'ngwallt, ond mi fedrwn i deimlo ei lygaid o arna i. Mi fedrwn i hyd yn oed ei glywad o'n anadlu.

'Hwn ydi'r gwesty dwi'n siŵr,' medda fi, er nad o'n i'n siwr o gwbwl. 'Diolch i chi am gerddad efo fi, ond mi fydda i'n ia–'

Heb ddeud gair, mi frwsiodd y cudyn gwallt oedd yn chwythu'n wyllt ar draws fy ngwynab o'r neilltu. Cyffyrddodd yn fy moch a rhoi cusan wlyb, lafoerllyd i mi, gan sugno'r 'na' a oedd yn cicio ac yn strancio ar flaen fy nhafod i lawr ei gorn gwddw.

'Wela i di yn dy sesiwn yfory, Myfi,' medda fo wrtha i'n seimllyd gan wenu mor foddhaus a dangos ei ddannadd cerrig beddi lliw gwin coch nes o'n i'n teimlo'n sâl yn sbio arno fo. Dwi'n cofio gwingo wrth iddo wasgu fy mraich. 'Edrych ymlaen at dy bapur.'

Mi sonis i wrth Dyfan ar y ffordd i'r gynhadledd y bora wedyn am y gusan ddiwahoddiad ac mi ges i fy siomi braidd gan ei ddiffyg cydymdeimlad a fynta'n foi mor ddeallus, i fod. I Dyfan, roedd petha'n fwy du a gwyn, ac ro'n i'n difaru deud yr hanas wrtho, a deud y gwir, achos ei ymatab cynta oedd, 'Ond pam wnest ti ddim jest deud ffocoff wrtho fo?' Mi gondemniodd ei ymddygiad wedyn, do, a'i alw o'n hen grîp a ballu, ond am eiliad roedd y sgwrs yn teimlo fatha croesholiad achos roedd 'na fwy o bwyslais ar y 'pam wnes *i ddim*' yn hytrach na'r 'pam *wnaeth o*'.

'Os ydi o'n poeni chdi go iawn, Myfs, pam 'nei di ddim jest sôn wrth y trefnwyr?' medda fo'n hamddenol wrth i ni ymlwybro i gyfeiriad Sgwâr Siôr. Ond deud be, 'de? Do'n i'm am gynhyrfu'r dyfroedd cyn cyflwyno 'mhapur am y tro cynta.

Roedd yn ddigon gen i boeni am oroesi'r gynhadledd heb godi cywilydd arna i fy hun o flaen ysgolheigion llawar clyfrach na fi, heb orfod poeni hefyd am y ffordd y basa dyn mor hunanbwysig a chanddo ego mor fregus yn bihafio tasa fo'n ffendio 'mod i wedi achwyn amdano.

Ond diolch byth, ddaeth o ddim yn agos at fy sesiwn i. Nid llenyddiaeth fodern oedd ei betha fo, beth bynnag. I ryw sesiwn ar y Gernyweg yr aeth o, os cofia i'n iawn, ac mi aeth hi'n ffrae danllyd wirion rhyngddo fo ac un o'r siaradwyr ynghylch orgraff safonol yr iaith. Fedra i'm pwysleisio pa mor falch o'n i pan welis i nad oedd o yno. Ro'n i'n teimlo'n ddigon sâl yn barod wrth feddwl am orfod siarad o flaen cynulleidfa, heb orfod delio efo hen sglyfath fatha fo yn llygadrythu arna i wrth i mi gyflwyno fy ymchwil am y tro cynta erioed.

Dwi'n cofio sefyll yno fel llgodan fach o flaen *heavyweights* y maes Astudiaethau Celtaidd – yn ddarlithwyr, yn ymchwilwyr ac yn fyfyrwyr ymchwil – fy nwylo'n crynu fel dail, fy nerfa'n racs jibidêrs, a finna'n trio 'ngora i swnio fatha 'mod i'n gwybod fy stwff. Ro'n i'n siŵr y baswn i'n gwneud ffŵl ohona i fy hun o flaen yr holl bobol glyfar 'ma. Ro'n i'n dychmygu fy hun yn baglu dros fy ngeiria ac yn colli'r gallu i drafod fy mhwnc yn huawdl. Dychmygwn lif o eiria digyswllt – ribidirês o nonsens – yn ffrydio o 'ngheg yn ddigystrawen, a'r brawddega'n tyfu'n simsan yn fy mhen, fel tyrau Jenga ansad, yn cwympo ac yn chwalu ac yn colli pob ystyr wrth i'r geiria lithro i ffwrdd ymhell o'r cof a finna'n anghofio sut i dreiglo a sut i siarad Cymraeg a sut i anadlu. Dychmygwn fy nannadd yn troi'n llwch a 'nhafod yn gwlwm. Ac o'r eiliad y galwodd y cadeirydd fy enw, mi fedrwn i deimlo fy hun yn cochi at fy nghlustia ac ro'n i'n siŵr y baswn i'n ffrwydro, yn ymlosgi mewn embaras llwyr. Ond trwy ryw wyrth, mi oroesis i'r cyflwyniad.

Ches i ddim cwestiyna anodd nac academydd poen-yn-din yn y gynulleidfa, diolch byth. Ro'n i wedi bod yn poeni'n arw y baswn i'n cael fy heclo gan y teip sy'n penderfynu plagio'r siaradwr efo rhyw gwestiwn annelwig munud ola. Y teip sy'n clirio'i lwnc efo'r geiria anfarwol, 'Does gen i ddim cwestiwn fel y cyfryw – mwy o sylw sydd gen i, a dweud y gwir ...' yn rhagymadroddi, yn gogordroi, yn dangos ei hun ac yn diflasu pawb am bron i bum munud, cyn gofyn ei gwestiwn reit ar y diwadd, a hwnnw gan amla yn amherthnasol i bwnc y siaradwr hefyd. Ro'n i wedi gweld hyn yn digwydd yn un o sesiyna cynta'r gynhadledd (a sawl gwaith ers hynny hefyd). Roedd gen i bechod mawr dros y cradur, myfyriwr ôl-radd ifanc fel finna, a'i ymchwil yn cael ei dynnu'n gria a fynta'n cael ei fwyta'n fyw yn ffau'r ysgolheigion. Ond mi ges i get awê y tro yma.

'... Gawn ni ddiolch unwaith eto i ... Myfanwy ... am ei phapur. Diddorol iawn. Diolch yn fawr i ti. Tapadh leat airson do phàipear inntinneach, Myfanwy. Thank you, Myfanwy, for your ...' A chyn iddo gael cyfla i ddeud bod fy mhapur yn 'illuminating', ro'n i'n ôl yn fy sedd, yn fy nghwman, yn ceisio gwneud fy hun mor anweledig ag y medrwn i drwy gladdu fy mhen yn rhaglen y gynhadledd.

Mor wahanol, mor hyderus, mor hy oedd y dynion canol oed yn cyflwyno'u hymchwil. Yn ei wingio hi'n llwyr heb sleidia PowerPoint na dim. Roedd y siaradwr nesa yn y sesiwn yn f'atgoffa'n ofnadwy o was priodas chwil yn cael trefn ar ei araith wrth ymbalfalu'n ffwdanus drwy ei bost-its. Ond er iddo syrthio ar ei din a gwneud smonach o'r cyflwyniad am ei fod o wedi drysu ei nodiada, mi gamodd o'r llwyfan fel paun yn agor ei blu, gyda'i hyder yn gyflawn, heb ei gyffwrdd, gan ei fod o'n Athro a doedd dim angan iddo wneud ymdrech na phrofi'i hun i ddiawl o neb. Roedd o'n medru deud rŵan ei fod o wedi 'Rhannu Ymchwil' a rhoi tic yn y bocs ar gyfer y Fframwaith Rhagoriaeth Ymchwil (REF) achos roedd o wedi rhyw addo cyhoeddi'i bapur yn y *Proceedings*. Ac ar ôl rhoi cyflwyniad sobor o sâl, mi gafodd hel ei fol ym myffe moethus y gynhadledd cyn ei throi hi am y gwesty lle'r oedd o'n aros am ddim a chael swpar neis a photal o win a llonydd oddi wrth ei wraig a'i blant. Hyn i gyd yn enw 'ymchwil'. Braf iawn.

Fel un a lesteiriwyd erioed gan ddiffyg hyder a'r hyn a elwir gan bobol yn y maes academaidd, yn enwedig, yn Impostor Syndrome (ydi Impostor Syndrome yn 'gyflwr' seicolegol go iawn, 'ta ydw i jest yn ddwl?), roedd cymryd rhan mewn cynadleddau academaidd yn gwneud i mi deimlo'n swp sâl. Ac eto, pan fyddwn i'n cael e-byst 'Galwadau am Bapurau' gan sefydliadau academaidd, mi fyddwn i'n agor y ffolder 'Cynadleddau' ar fy ngliniadur ar unwaith. Mi fyddwn i'n agor y crynodeb diweddara i mi ei sgwennu ar gyfer y gynhadledd ddwytha i mi ei mynychu a'i addasu yn ôl y galw, gan ofalu 'mod i'n defnyddio fy Academeg gora. Hynny ydi, ychwanegu brawddeg neu ddwy fasa'n amlygu'r cysylltiad – tila, yn aml iawn – rhwng fy mhwnc ymchwil a thema'r gynhadledd, yn lliwio'r darn ag ansoddeiriau stoc fel 'dadlennol' ac 'arwyddocaol', cyn ei anfon at y trefnwyr. Do'n i ddim yn geffyl blaen ac roedd yn wirioneddol gas gen i sefyll o flaen cynulleidfa, felly roedd anfon cais i gyflwyno papur mewn cynhadledd yn weithred fasocistaidd i mi, mewn ffordd. Ond roedd y wefr o gael fy nerbyn, o gael cymeradwyaeth academaidd gan ysgolheigion go iawn, yn drech na'r nerfusrwydd. Cymeradwyaeth academaidd oedd fy ffôr-ple, fy ffetish, fy nghinc. Tasa 'na ryw seiciatrydd yn fy nadansoddi, mi fasa'n siŵr o ddod i'r casgliad 'mod i wedi seilio fy hunan-werth yn llwyr ar lwyddiant academaidd yn fuan iawn ar ôl dechra yn yr ysgol uwchradd.

Y peth ydi, mi o'n i'n darged reit hawdd i hogia cas yn yr ysgol uwchradd. Ro'n i'n hyll yn eu golwg nhw, ond yn hyllach fyth yn fy ngolwg fy hun, a'r unig beth y medrwn i ddeud yn ôl wrth yr hogia 'ma pan oeddan nhw'n deud petha fel 'ti'n hyll, 'sdi' oedd 'yndw, dwi'n gwbod', achos mi oeddan nhw'n deud y gwir. Roeddan nhw jest yn lleisio'r ffordd ro'n i'n teimlo amdana i fy hun yn hogan ifanc. Bob tro ro'n i'n edrych yn y drych ro'n i'n gweld un o ddarlunia Picasso, yn asymetrig a phob nodwedd yn y lle anghywir. Y llygaid yn rhy fawr, y wên yn rhy gam a'r plorod yn berwi'n ffyrnig dan y croen a finna'n eu gwasgu'n frwnt nes bod y coch yn troi'n biws a'r croen yn troi'n dyllog ac yn greithia hyll am byth. Roedd gen i gledra metel ar draws fy nannadd-bob-sut a thrwyn hir a main fatha Ceridwen (Gwlad y Rwla, nid Taliesin) – trwyn fasa'n medru torri drwy floc o fenyn medda Llifon Williams, hogyn annifyr o Drefor ac un o'r criw a wnaeth fy mywyd yn hollol ddiflas am bum mlynadd yn yr ysgol. Ac i goroni fy anharddwch, ro'n i'n cael marcia da yn fy arholiada.

O'i gymharu â'r shit ges i gan yr hogia 'ma, rhaid deud na ches i hannar cymaint o hasl gan y genod, dim ond gan y ddwy ddi-ben oedd yn dilyn yr hogia o gwmpas y coridora, yn cilwenu ac yn piffian chwerthin pan oeddan nhw'n sbeitio ffrîcs a swots fatha fi. Taswn i isio bod yn gas, mi faswn i'n deud mai genod thic oeddan nhw. Ond ansicr oeddan nhwtha hefyd, dwi'n gweld hynny rŵan. Ar y pryd, roedd eu geiria'n llosgi ac ro'n i'n treulio bob amsar cinio'n llochesu yn y stafall gelf neu'r llyfrgell neu'n loetran y tu ôl i'r loceri nes i'r gloch ganu.

Ro'n i'n medru ymdopi efo hogia yn deud 'mod i'n hyll ac yn deud bod gen i enw hyll a ballu nes do'n i ddim. Er na fedra i honni i mi gael fy mwlio yn y ffordd y cafodd Lleucu, fy chwaer fawr, ei bwlio, mi losgon nhw fy hunanhyder yn ulw ac mi aeth Mam â fi i weld y doctor yn un ar bymtheg, jest cyn dechra yn y Chwechad, achos 'mod i'n teimlo mor ddi-werth. Ches i ddim tabledi na dim byd felly, ond mi ges i fy nghyfeirio i weld therapydd i gael triniaeth CBT. Roedd y rhestr aros mor uffernol o hir nes na chlywis i ddim gan neb am dros flwyddyn. Ddeunaw mis ar ôl gweld y doctor, o'r diwadd, mi ges i lythyr yn fy hysbysu fod gen i apwyntiad i weld rhywun. Ond erbyn hynny ro'n i'n teimlo'n well nag o'n i ddeunaw mis ynghynt ac yn poeni y baswn i'n gwastraffu amsar y therapydd taswn i'n derbyn yr apwyntiad. Ro'n i wedi setlo'n reit ddel yn y Chwechad a doedd y plant cas ddim wedi dewis yr un pynciau Lefel A â fi. Ac ar ben hynny, ro'n i wedi dechra cadw dyddiadur i drio gwneud synnwyr o fywyd ar y pryd. Roedd sgwennu'n fwy o therapi i mi na dim, ac mi fyddwn i'n aros ar fy nhraed drwy'r nos weithia yn sgwennu sgwennu sgwennu sgwennu sgwennu dan y cynfasa, a fflachlamp waith Dad yn goleuo'r papur. Mi fyddwn i'n bogailsyllu, yn ymgolli yn yr hunan, yn cofnodi fy nheimlada dyfna, mwya cyfrin weithia, petha mawr fatha fy ofna a'm gobeithion, ac yn nodi dyfyniada o lenyddiaeth a chaneuon ro'n i'n eu teimlo i'r byw. Droeon eraill mi fyddwn i'n cael pylia o gofnodi'r petha mwya disylw a diflas, fatha be ges i i swpar a be welis i ar y teledu a phwy welis i ar y stryd y diwrnod hwnnw achos ro'n i'n teimlo bod hynny'n bwysig iawn hefyd.

Dwi wedi llenwi a chasglu llwyth o ddyddiaduron ar hyd y blynyddoedd ac wedi cadw pob un mewn bocsys ar ben y wardrob. Ac mae gen i beth wmbrath o gardia o bob math yn y bocsys hefyd: cardia pen-blwydd, cardia pob lwc, cardia cydymdeimlo a chardia llongyfarch, hen gardia llyfrgell, hen gardia ID myfyriwr, hen basports, hen gardia post gan fy ffrindia ysgol, yr hen gardia post heb eiria ro'n i'n eu prynu fel swfenîrs i drio cofio pob gwylia teuluol. Mae Owain yn fy mhryfocio weithia drwy fygwth rhoi fflich i bob dim i'r tân, 'Dwi'n siŵr y basa'r holl bapurach sgin ti yn y bocsys 'ma yn ein cadw'n gynnas am chydig, Myfs!' Ac mi fydda i, yn fy mhen, yn paratoi'r un atab iddo bob tro. 'Mae henaint yn siŵr o losgi'r cwbwl yn ufflon ryw ddiwrnod a dyna pam dwi'n cadw atgofion mewn bocsys, Owain, jest rhag ofn.' Ond fydda i ddim yn deud hynny wrtho, achos mae'n gwneud i mi swnio fatha 'mod i'n trio'n rhy galad i swnio'n glyfar, a dwi'n gwybod y basa fo 'mond yn rowlio'i lygaid arna i.

Y petha pwysica i mi, dwi'n meddwl, ydi'r cardia sy'n cynnwys cyfarchion neu neges neu lofnod yn llaw'r sawl a'u rhoddodd i mi, fatha cardia Nain Llanbedrog, er enghraifft. Mi fyddai Nain wastad yn prynu cardia cyfarch Cymraeg, ond ar yr adega prin iawn na lwyddodd i wneud hynny, mi fyddai'n mynd ati i sgwrio'r cyfarchiad Saesneg oddi ar y cardyn, yn rhoi croes fawr dew drwy'r 'Happy Birthday!' neu'r 'Congratulations!', ac yn mynd ati i sgwennu llith o'i chalon yn Gymraeg mewn llawysgrifen gain. Yn ei blynyddoedd ola dim ond y gair 'Nain' oedd arnyn nhw, a dwi'n eitha siŵr nad oedd hi'n gwybod erbyn y diwadd pam nag i bwy roedd hi'n sgwennu'r cardia. Ond er mor grynedig oedd y llawysgrifen, roedd y gair 'Nain' yno yr un mor bendant ag erioed, ac felly mi fydda i'n licio meddwl bod y gair yn dal i olygu rwbath iddi, yn wreichionyn o adnabod hyd yn oed ar y diwadd.

Fel dudis i, therapi oedd sgwennu i mi ac mi ddechreuis i gadw dyddiaduron am fy mod i'n medru bod yn fi fy hun wrth sgwennu. Ro'n i'n gallu deud y gwir heb deimlo cywilydd. Be ddudodd Daniel Owen eto? 'Yr wyf am ysgrifennu fy hanes, meddaf, nid i'w argraffu – diolch am hynny! – oblegid pe felly, ni allwn ddweud y gwir, yr holl wir, a dim ond y gwir ...' A doedd fy nyddiadur ddim yn fy ngalw'n hyll, yn ffrîc nac yn swot, dim ond yn gwrando'n astud arna i ar bob tudalen. Ro'n i'n medru bwrw fy mol heb ennyn beirniadaeth. Ro'n i'n medru crio a chwerthin ar y tudalenna. Roedd yr inc jest yn llifo ac yn llifo ac yn llifo o'r feiro fel dagra. Ac wrth sgwennu, ro'n i'n medru sgrechian i'r gwacter a deud bob dim wrth neb.

Pan fyddwn i'n cael pylia o glirio'r wardrob, mi fyddwn i'n chwythu'r llwch oddi ar y bocsys ac yn dechra pori drwy'r dyddiaduron. Yn ddiweddar, wrth gael clirans didrugaredd o hen ddillad nad ydyn nhw'n ffitio fel roeddan nhw cyn i mi gael babi, dyma fi'n agor un o'r llyfra ar dop y pentwr ac yn ei gau o'n syth. Y frawddeg gynta welis i oedd 'Mae Mam ar y ffordd i'r ysbyty efo Lleucu', ac mi fethis i'n glir â darllan mwy. Dydi'r ffaith fod cofio'n obsesiwn gen i ddim yn golygu 'mod i isio ail-fyw pob atgof chwaith.

Do, mi ges i rywfaint o hasl yn yr ysgol, ond dim byd o'i gymharu â'r hyn a ddioddefodd Lleucu am flynyddoedd. Mi gadwis i gofnod manwl yn fy nyddiadur o'r holl betha hyll a slei a dan-din oedd y genod 'ma'n ei ddeud ac yn ei wneud i boenydio Lleucu. A tasa Lleucu wedi llwyddo y diwrnod ofnadwy hwnnw, yna ro'n i am wneud yn siŵr na fasa'r genod 'ma'n cael anghofio. Ro'n i am eu hatgoffa nhw ryw ddiwrnod, rywsut neu'i gilydd, o'u creulondeb. Ro'n i am iddyn nhw fod yn atebol, am iddyn nhw gymryd cyfrifoldeb, am iddyn nhw *ddallt* nad oedd Lleucu 'wedi trio lladd ei hun' fel roedd pawb yn sibrwd wrth ei gilydd ar goridora oer yr ysgol: *nhw* oedd yn trio gwneud hynny ers blynyddoedd.

Mae Lleucu wastad wedi bod yn uffar o hogan iawn. Mae hi'n hoffus, yn glyfrach o lawar na fi, ac mae hi'n drawiadol iawn heb drio bod. Mae ganddi lygaid tlws sy'n cneitio fel dau emerallt a choron o wallt eurgoch sy'n tonni'n fôr-forynaidd dros ei sgwydda. Dwi'n cofio iddi fynd drwy ryw bwl o'i liwio'n felyn a'i sythu bob dydd pan aeth hi i'r brifysgol, a finna'n ymbil arni i beidio â'i ddifetha. Nid bod ei brêns a'i thlysni yn ei gwneud hi'n llai cymwys i gael ei bwlio na hogan blaen ac anarbennig fel fi. Does neb yn haeddu hynny. Trio pwysleisio ydw i ein bod ni'n dwy'n hollol wahanol. Mae gen i wallt priddlyd, difywyd, a llygaid 'run lliw â dŵr mwll yr harbwr lle mae peipan gachu'r dre yn dod allan. Ac mi o'n i'n llyfrgar ac yn llenyddol yn yr ysgol ac roedd hi'n wyddonol ac yn dallt mathemateg fatha ro'n i'n dallt gramadeg. Ôl-rowndyr oedd yr athrawon yn galw Lleucu. Mi fuodd hi ar un adag yn gaptan y tîm hoci, y tîm pêl-rwyd a'r tîm pêl-droed. Yn anffodus hefyd i Lleucu, doedd yr hogia ddim yn ei galw hi'n hyll. Roeddan nhw'n ei ffansïo hi'n racs, a doedd rhai o'r genod ddim yn hapus am hynny o gwbwl.

Mae'r genod hynny bellach yn eu tridega ac mewn jobsys cyfrifol: rhai'n nyrsio, rhai'n gweithio mewn ysgolion, ac ambell un wedi dechra magu. Go brin eu bod nhw'n oedi i feddwl am eiliad am Lleucu na'r loes roeson nhw iddi am flynyddoedd. Ac ella bod Lleucu wedi madda iddyn nhw erbyn hyn. Dwn i'm. Ond fedra i ddim. Ac mi fydda i'n dal i feddwl amdanyn nhw weithia. Un peth dwi'n cofio'i nodi yn fy nyddiadur yn hogan ysgol ydi y baswn i'n licio anfon llythyr at y genod 'ma ryw ddiwrnod gan ofyn yr un cwestiwn i bob un: 'Sut *ddiawl* wyt ti'n cysgu?' Mi wnes i hyd yn oed, am eiliad, yn fy nghynddaredd (a'm hanaeddfedrwydd) bryd hynny, ystyried sgwennu stori fer ddialgar am y genod 'ma a'i hanfon i gystadleuaeth rhyddiaith yr Urdd, yn y gobaith y baswn i'n dŵad i'r brig ac y basa'r stori'n cael ei chyhoeddi yn y *Cyfansoddiadau* ac y basa pawb yng Nghymru yn ei darllan hi ac yn gwybod pa mor gas ac annifyr oedd y genod 'ma. Ro'n i'n benderfynol o roi llais i Lleucu, am ddychmygu ei phrofiada a'i theimlada er mwyn procio cydwybod y sawl wnaeth ei brifo. Ond mi fethis i'n glir â gwneud mwy na chofnodi'r ffeithia amrwd yn fy nyddiadur. Mi aeth y dyddiad cau heibio, diolch byth, a dwi'm yn meddwl y basa Lleucu wedi diolch i mi am sgwennu'r stori, ennill neu beidio. Faswn i'm yn meiddio gwneud y ffasiwn beth erbyn heddiw. Achos stori Lleucu ydi hi, nid fy stori i. Does gen i 'mo'r hawl i'w hadrodd hi yma.

* * *

FFUGENW: GIULIETTA
Gwacter?

Mae rhai pobl heb blant a rhai'n ddi-blant. Beth yw'r gwahaniaeth? Mae awgrym o absenoldeb yn perthyn i'r gair cyntaf fel yr olaf, ond mae'r bwlch yn wahanol. Mae llai o drasiedi yn yr 'heb' ac awgrym o isie yn y 'di–', ac i'r gorlan honno wy'n perthyn erbyn hyn.

O'dd e ddim moyn plant. O'n i'n fwy … shwt alla i weud hyn … ymm … mwy amwys am y peth? Do's dim plant 'da fi. A phidiwch â theimlo drosta i fel y bydde lot o bobl yn ei wneud. Fi wedi dod i delere â hyn ac mae e wedi cymryd blynydde – credwch chi fi – ond fi ddim moyn eich trueni chi. Cadwch e. Ces i dipyn o argyfwng dirfodol, *midlife crisis*, os mynnwch chi, ar ôl i'r gŵr fy ngadel am *younger model* a'i chael hi'n feichiog o fewn blwyddyn i ddechre'u perthynas, a fynte wedi gweud wrtho i rio'd nad o'dd e moyn bod yn dad. Ar ôl rhedeg mas o ddagre penderfynes fynd ar fy ngwylie ar fy mhen fy hun i Verona, ac am y tro cyntaf ers blynydde o'n i'n teimlo'n ddewr, yn gryf, yn annibynnol. Do'n i rio'd wedi bod yn yr Eidal am ei fod e, y gŵr, wedi bod yn Rhufen unweth o'r blân a heb fwynhau felly o'dd e ddim yn gweld pwynt mynd yn ôl i'r wlad. Fe o'dd gwastod yn dewis lle i fynd ar wylie, yn mynnu'r gair olaf ar bopeth.

Fe wasges i sawl *excursion* a sawl wâc i mewn i'r gwylie a fi'n cofio Giorgio, y *tour guide*, yn gweud wrth y grŵp i stopo am funed o flân Casa di Giulietta er mwyn gwerthfawrogi'r ddelw efydd ohoni a safai o flân y tŷ. O'n i ddim yn gyffwrddus yn rhwbo bron croten tair ar ddeg oed, ond o'dd dishgwl i ni wneud hyn achos o'dd Giorgio yn cynnig tynnu llunie o bob un ohonom yn ei chyffwrdd. Pan ddaeth fy nhro inne i gael llun 'da Giulietta, fe wedodd Giorgio wrtho i, 'Brava! Now you have good luck and good fertility,' a rhoi'r camera yn ôl yn fy llaw cyn cyfarch y cwpwl ifanc y tu ôl i mi oedd yn awyddus i gael selffi 'da'r groten. 'Grazie,' medde fi, gan wenu'n drist arno fe a'i throi hi am Via Cappello. Chwalodd y llifddore wrth i mi fynd heibio'r dorf-tynnu-llunie, ac fe ddechreues i lefen y glaw. Am y tro cyntaf yn fy mywyd ces i fy llethu gan gur hiraeth affwysol o drist am rywbeth nad o'n i rio'd wedi'i gael ac a o'dd yn teimlo'n amhosib, y tu hwnt i'm cyrredd i'n llwyr. Yn raddol, dros y blynydde, fe drodd fy mislif yn fisglwyf ac ro'dd 'y nghorff fel petai'n 'y ngwawdio bob mis. O'dd polisho bron Giulietta ddim yn mynd i newid dim. O'dd dim gobaith 'da fi achos o'n i wedi cyrredd oedran lle odd 'da fi fwy o flynydde y tu ôl i fi nag o'dd 'da fi o 'mlân i.

Fel beirniad cul a phlwyfol o'r gogledd-orllewin, dwi'n tueddu i ffafrio gwaith gan fy nghyd-ogleddwyr (a faswn i byth yn cyfadda'r *not-so-unconscious bias* 'ma wrth neb, yn amlwg). Ond mae'r stori hon, 'Gwacter?', gan bwy bynnag ydi Giulietta, yn sicr yn haeddu'i lle yn yr ail ddosbarth, chwara teg. Dwi'n gyndyn o osod y stori yn y dosbarth cynta am fy mod i'n poeni bod y prif gymeriad braidd yn ystrydebol. Y portread o'r ddynas ganol oed yn unllygeidiog ac yn dreuliedig. Ai dyn hen ffasiwn sgwennodd y ddynas hon? Ta rhywun ifanc sy'n trio dychmygu profiad rhywun canol oed ac yn siarad ar eu cyfer mewn stori fer? Ta dynas ganol oed go iawn a chanddi ddim plant ac sy'n mentro deud y gwir am ei theimlada? Fedra i'm deud. Ond oes otsh pwy sy wedi ei sgwennu hi? Sgwn i be fasa barn Eiri am y stori?

Mae fy nghneithar, Eiri, yn byw yn Llundain ers blynyddoedd efo'i phartnar, Rob. Ac er eu bod nhw'n canlyn yn selog ers dyddia coleg, maen nhw'n rhy cŵl o lawar i briodi. Os priodan nhw byth, wnân nhw ddim deud wrth neb, garantîd. Mae Rob yn foi digon clên, chwara teg, ond mae o'n wahanol iawn i Eiri. Mae o'n siarad Saesneg mor ddychrynllyd o posh nes 'mod i'n troi'n josgin bob tro dwi'n gorfod cyfathrebu efo fo. Dydi Eiri, ar y llaw arall, ddim yn posh o gwbwl, ond yn wahanol i mi, mae hi wedi hen arfar bod yn eu canol nhw. Mi gafodd Rob ei addysg yn un o ysgolion bonedd mwya rhwysgfawr Lloegr cyn mynd yn ei flaen i astudio Economeg a Busnes yn Rhydychen. A fanno y cyfarfu'r ddau, pan oedd Eiri'n astudio Eidaleg a Ffrangeg yno. Mae'r ddau yn eu pedwardega rŵan a does ganddyn nhw ddim plant. Roedd Eiri wedi deud erioed nad oedd ganddi unrhyw ddyhead i fod yn fam ac ro'n i'n meddwl bod hynny'n ddewr. Nid bod yn nawddoglyd ydw i wrth ddeud hynny. Trio deud ydw i 'mod i wastad wedi edmygu ei sicrwydd hi. Doedd hi erioed yn amwys am y peth. Roedd hi jest yn gwybod nad oedd bod yn fam iddi hi, ac y basa'i bywyd hi'n llawnach heb blant, a dyna fo.

Ac oherwydd hyn, dydi amser ddim fel petai wedi rheoli Eiri yn yr un ffordd ag y mae o wedi fy rheoli i, ac mi fydda i'n meddwl weithia fod Eiri'n dal i fyw bywyd fel tasa hi'n un ar hugain, yn dilyn ei thrwyn ac yn mentro, yn codi dau fys ar y

Batriarchaeth, yn byw ei bywyd ar ei thelera a'i hamserlen hi a neb arall. Mae hi'n byw'r bywyd dwi'n gobeithio 'mod i'n ei fyw mewn rhyw fydysawd cyfochrog. Y bywyd dwi'n dychmygu y baswn i wedi'i fyw taswn i ddim wedi aros yng Nghymru, dychwelyd i'r gogledd-orllewin, setlo efo Owain a beichiogi. Mae Eiri wastad wedi ymddangos fel petai'n gwbwl rhydd o huala disgwyliada'r gymdeithas sydd ohoni, a dwi'n meddwl bod hynny'n wych. Mae hi'n medru siarad Eidaleg a Ffrangeg yn rhugl ac mae hi'n byw ac yn gweithio'n hyblyg fel cyfieithydd llawrydd. Mae hi wedi teithio o gwmpas y Cyfandir a thu hwnt dwn i'm sawl gwaith fel rhan o'i gradd, fel rhan o'i swydd, a jest achos ei bod hi'n medru, am fod yr Eurostar a Heathrow yn ddigon agos iddi fedru gwneud hynny heb orfeddwl lojistics y peth. Mae hi wedi cael gwersi syrffio ym Moroco, wedi dawnsio mewn clwb nos tanddaearol yn Berlin; mae hi wedi gweithio mewn oriel gelf yn Fenis ac mae hi'n mynd i sgio bob blwyddyn i Val d'Isère. Weithia, jest weithia, pan fyddwn i'n busnesu ar ei chyfrif Instagram yn hwyr y nos wrth fwydo Gwern, yn llefrith ac yn chwd drostaf, a phob llun ohoni'n bictiwr o ryddid: llun ohoni'n ista ar siglen fawr bren ar un o draetha gwyn Bali, ei chefn at y camera a'i chroen yn pefrio fel y môr yn llewyrch y machlud; llun ohoni'n tollti coffi du o jwg i'w chwpan efo pentwr o grempoga tew o'i blaen mewn diner-ochor-lôn rhwng Califfornia a Nefada, yn edrych 'run fath yn union â chymeriad cyfareddol a pheryglus mewn ffilm Bylpaidd ei naws o'r nawdega; llun ohoni'n wên o glust i glust ar un o lwybra beics Keukenhof, yn reidio beic mewn ffrog wen heb helmet na leicra na gofal na dim, ei gwallt yn chwifio'n rhydd y tu ôl iddi fel rhubana yn y gwynt a'r tiwlips yn dallu ... pan fyddwn i'n gweld y llunia yma, mi fyddwn i'n cael rhyw bylia bach o deimlo'n eiddigeddus. Ond cyn i 'nghydwybod gael cyfla i estyn ei chwip, dwi isio pwysleisio nad ydi'r eiddigedd yma'n golygu 'mod i'n anniolchgar neu'n anfodlon mewn unrhyw ffordd. Achos does dim – a dwi'n golygu dim – yn y byd dwi isio'n fwy na bod yn fam i Gwern. Ond weithia, jest weithia, yn ystod yr oria peryglus 'na rhwng dau a phump y bora, mi fyddwn i'n hel rhyw feddylia gwirion, seithug, a'r 'be os?' oesol 'na'n drymlwythog ac yn anesmwytho, petha fatha taswn i ond wedi mynd i brifysgol y tu allan i Gymru, faswn i wedi mentro mwy? Faswn i wedi teithio hyd a lled y Cyfandir ar drên a dysgu Ffrangeg yn iawn? Faswn i'n byw yn Llundain fel Eiri? Faswn i'n cael secs trwy gyfrwng y Saesneg? Faswn i'n fwy diddorol? Faswn i'n ogla'n ddinesig fatha sent Jo Malone? Faswn i'n prynu *oat flat white* yn Pret à Manger bob dydd cyn brasgamu i ddal y London Overground i ganol y ddinas i'm swydd lle mae pobol fatha Rob yn mynd am *after work drinks* ganol yr wythnos? Fasa hyn i gyd yn ddigon i mi? Faswn i'n hapus? Faswn i'n drist?

Yn ystod fy mlwyddyn ola yn y Chwechad, pan o'n i'n llunio fy nghais UCAS ac yn dechra edrych ar gyrsia mewn prifysgolion, dwi'n cofio Gerallt Gyrfaoedd yn gofyn i mi tybad fasa gen i ddiddordeb astudio Ffrangeg yng Nghaergrawnt neu yn Rhydychen, a finna'n deud 'na, no wê' achos do'n i'm yn meddwl 'mod i hannar digon clyfar i fynd i'r prifysgolion hynny. Hyd yn oed petai gen i ddigon o frêns, do'n i'm isio siarad Saesneg drwy'r dydd, bob dydd, y tu allan i 'narlithoedd, ac ro'n i'n benderfynol o astudio Cymraeg beth bynnag. 'Rhaid i *rywun* astudio Cymraeg, does!' medda finna wrth Gerallt, bron fel taswn i ar ryw genhadaeth gyfiawn. Fel taswn i'n meddwl bod fy nhraethoda diog i ar Dafydd ap Gwilym a'r Pedair Cainc yn mynd i achub yr iaith rywsut. Felly dyma fi'n nodi Caerdydd a Chaerdydd yn unig ar y cais UCAS.

'Ti'n hollol siŵr rŵan? Dim ond Caerdydd? Mi wyt ti'n cyfyngu dy hun braidd.'

'Ia, dim ond Caerdydd,' medda finna'n bendant, cyn mynd ymlaen i esbonio wrth y Cynghorydd Gyrfa pam nad o'n i am nodi 'run brifysgol arall ar fy nghais, a'r rheiny'n rhesyma nad oedd a wnelo nhw ddim â safona'r adranna Cymraeg. 'Dwi jest isio mynd o'ma.'

I ddechra arni, roedd Bangor yn llawar rhy agos i Bwllheli, dim ond ryw dri chwartar awr yn y car. Mi fyddai Mam a Dad yn arfar piciad i Fangor ar bnawnia Sul gwlyb pan nad oedd dim gwell i'w wneud na busnesu rownd Tesco Mawr neu Dunelm neu rwla fel'na. Ac ar ben hynny, roedd gen i ryw ofn afresymol ar y pryd y basa straeon am fachiada neu flerwch Wythnos y Glas yn cael eu cario gan y gwynt yn ôl i Bwllheli ac felly faswn i'm yn medru cadw reiat 'run fath yno. Roedd hogia Pen Llŷn i gyd yn heidio i Aberystwyth y flwyddyn honno a doedd gen i'm mynadd bod yn eu canol nhw, a deud y gwir. Roedd yn ddigon gen i eu gweld nhw o gwmpas dre ar nos Sadwrn. Fel hogan lan môr, mi ges i fy nhemtio am eiliad gan y syniad o ddianc i Abertawe achos bod y traeth yn edrych mor neis ar glawr y prosbectws. Ond roedd y siwrna drên o Bwllheli i Abertawe chydig yn rhy gymhlath i mi ar y pryd, gan nad o'n i wedi teithio y tu hwnt i ffinia'r tocyn Red Rover ar fysys Gwynedd o'r blaen.

Pan es i i Gaerdydd am y tro cynta, dwi'n cofio mynd i'r ffair gymdeithasa yn ystod Wythnos y Glas a phenderfynu y basa'n syniad da ceisio ailfrandio fy hun fel hipster cyn dŵad i nabod fy nghyd-letywyr yn iawn, fel rhyw *manic pixie dream girl* bohemaidd, cŵl-heb-drio, ffrinj byrrach na'm haelia, styd yn fy nhrwyn, tatŵs bach cwyrci, ac ati. Ro'n i am fod yn wahanol, yn gyfareddol am y tro cynta yn fy mywyd, a'r ffordd ora o wneud hynny, dybiwn i, oedd drwy seilio fy hunaniaeth yn llwyr ar y ffaith y byddwn i, o'r eiliad y byddai taliad cynta'r benthyciad myfyriwr yn cyrraedd fy nghyfrif banc, yn prynu dillad o Urban Outfitters ar yr Aes yn hytrach na ffrogia *bodycon* rhad o New Look Bangor. Ac felly, dyma fi'n cofrestru ar gyfar Cardiff Uni Art Soc i chwilio am ysbrydoliaeth.

'There's a social tonight, if you're interested? Do you know where Milgi is? It's a vegan cafe and cocktail bar on City Road.' A finna'n amneidio â 'mhen fel taswn i'n nabod y ddinas yn iawn pan oedd gen i'm clem am lle oedd y boi'n sôn.

Pan gyrhaeddis i Milgi mi ges i chydig o sioc o weld llwyth o bobol mewn gwisg ffansi. Ro'n i'n gresynu na ches i'r cyfla i fynd i siopa yn Urban Outfitters cyn y digwyddiad achos ro'n i'n edrych braidd yn wirion, fatha 'mod i'n trio'n rhy galad yn fy nghrop top tyn a'm sgert gwta o Topshop. Ond diolch byth, mi ffendis i rywun arall yn gwisgo dillad nad oeddan nhw'n wisg ffansi yn sefyll ar ei ben ei hun wrth y bar. Gwisgai grys-T llac melyn a throwsus cordyrói oren ac roedd ganddo sbectols bach crwn am ei drwyn fatha R. Williams Parry. Ar ôl talu am fy fodca a soda, dyma fi'n troi at y boi ac yn mentro taro sgwrs.

'You didn't get the memo either?' medda fi wrtho'n chwithig fel taswn i'n gymeriad mewn rom-com sâl, yn trio 'ngora i beidio swnio fatha 'mod i'n dŵad o Ben Llŷn. Do'n i erioed wedi defnyddio'r ymadrodd 'get the memo' o'r blaen tan y diwrnod hwnnw, a'r eiliad y baglodd y geiria oddi ar fy nhafod, mi grebachis i mewn embaras ac addo na faswn i'n agor fy ngheg i ddeud dim wrth neb byth eto.

'What?' medda fo'n hollol, hollol ddryslyd.

A finna'n mentro ymhelaethu, 'Your clothes? You didn't realise it was fancy dress either?'

Roedd ei wynab o'n bictiwr o ddryswch a ffieidd-dod. Roedd fy anwybodaeth mor wrthun ganddo. Mi fasa rhywun yn meddwl 'mod i wedi piso ar ei sgidia fo, y ffordd roedd o'n sbio arna i.

'I've actually come as a Mark Rothko painting,' medda fo'n nawddoglyd, cyn cymryd swig o'i gwrw IPA a 'ngadael i'n sefyll fel adyn wrth y bar. Do'n i'm callach mai darn o gelf haniaethol oedd o i fod. Yn amlwg, dyna'r tro cynta a'r tro ola i mi fynychu unrhyw sosial a drefnwyd gan y Cardiff Uni Art Soc. Ac mi benderfynis i, pan gyrhaeddis i'n ôl i'r fflat y noson honno, nad oedd pwrpas trio ailfrandio fy hun achos ro'n i'n rhannu fflat efo hogan o Edern a hogan o Benrhyndeudraeth a'r ddwy yn astudio Cymraeg fatha fi. Ac roedd 'na lwyth o bobol eraill o Lŷn ac Eifionydd oedd yn y Chwechad 'run pryd â fi yn byw yn Llys Senghennydd a phawb yn nabod ei gilydd yn barod. Taswn i'n trio ailfrandio mi fasan nhw'n siŵr o gymryd y pis ohona i a gofyn petha fel 'Myfs, be ffwc ti'n wisgo?'

Yr unig beth newidis i ar ôl symud i Gaerdydd oedd fy enw. Roedd yn gas gen i'r enw Myfanwy. Ro'n i jest yn methu dallt pam ddiawl roddodd Mam a Dad enw hen ddynas i mi ac enw mor neis a normal i fy chwaer. Dim ond athrawon fyddai'n fy ngalw i'n Myfanwy. A Myfs o'n i i 'nheulu a ffrindia adra beth bynnag. Ond roedd Myfi'n enw tlysach na Myfs yn fy marn i, ac felly mi ddudis i wrth bawb nad oedd yn fy nabod i cyn symud i Gaerdydd mai Myfi oedd fy enw i.

Yn dilyn fy methiant i gymdeithasu'n gall efo aeloda Cardiff Uni Art Soc, wnes i ddim trafferthu ymuno efo unrhyw gymdeithas arall 'wahanol' heblaw'r Gymdeithas Gymraeg. Ac am dair blynadd gyfa mewn dinas amlddiwylliannol oedd â myfyrwyr o bob cwr o'r byd yn trigo ynddi, wnes i ddim ehangu fy ngorwelion y tu hwnt i rannu tŷ efo hogan o Grymych yn fy ail flwyddyn. Mi o'n i wedi lapio cwrlid cysurus y GymGym a'i Rhyng-gols a'i thripia rygbi a'i chrôls teulu mor dynn amdana i nes 'mod i mor gyfforddus, do'n i'm hyd yn oed yn sylwi 'mod i'n mygu.

Ar ôl graddio yng Nghaerdydd, drwy ryw ryfeddol wyrth o ystyried yr holl dindroi, â gradd Dosbarth Cynta yn y Gymraeg, mi es i adra i wneud gradd Meistr ym Mangor, ac am fod y traethawd MA yn foddhaol, mi ges i gynnig gan fy nhiwtor i wneud cais am gyllid i ddilyn cwrs PhD. Roedd hyn yn *lifeline* ar y pryd achos ro'n i wedi cael cynnig swydd fel Swyddog Rwbath neu'i Gilydd y Gymraeg dan Hyfforddiant yn y Cyngor Sir, a do'n i'm yn barod i fod yng nghyffion swyddfa lwyd yn dair ar hugain oed. Roedd gen i chwilan yn fy mhen 'mod i'n rhy ifanc i gael fy llethu bob dydd gan anadl coffi, cyfarfodydd 'i be?', strach Santa Cudd a dadrith naw tan bump.

Nid 'mod i'n rhy dda i weithio. Nid dyna dwi'n trio'i ddeud yma, er, dwi'n gwybod 'mod i'n beryglus o agos at swnio felly. Mi ddechreuis i a Lleucu weithio yn gynnar iawn yn ein harddega gan nad oedd Mam a Dad yn medru fforddio rhoi pres pocad i ni bob dydd drwy'r haf. A doedd gen i ddim dewis felly ond mynd i weini yn Abersoch os o'n i am fedru fforddio tocyn bỳs Red Rover i ddenig o Bwllheli i Fangor efo fy ffrindia i wledda ar saim yn KFC a thrio ffrogia mynd allan yn New Look (er ein bod ni'n rhy ifanc i fynd allan bryd hynny), ac wrth gwrs, i chwilio am gariad nad oedd yn josgin mewn crys rygbi neu'n towni mewn crys ffwtbol. Hogia emo oedd ein teip delfrydol ni ar y pryd, ac mi oedd 'na ddigon ohonyn nhw'n ymgasglu fel colomennod yn y parc y tu ôl i'r safle bysys ym Mangor, yn ein cyfareddu efo'u gwalltia hir lliw-bocs-du, a'u ffrinjis wedi'u sythu'n ddel dros un llygad bob tro.

Mi ges i waith dros yr haf yn bedair ar ddeg fel *waiting staff* mewn llety gwely a brecwast bach o'r enw The Moorings Guesthouse yn Abersoch. Wnes i ddim para mwy nag un haf yno. Doedd 'na'm byd yn bod ar y llety ei hun – roedd y lle yn lân ac yn daclus o hyd. Ond roedd y perchnogion, Mark ac Angie o Wilmslow, yn bobol annymunol iawn. Ar ddiwadd fy shifft gynta yn y job, dwi'n cofio Mark yn cilwenu arna i'n slei wrth ofyn i mi sut i ynganu fy enw'n gywir – 'say it one more time for me' – cyn deud yn dyrmentllyd, ar ôl ryw bum munud o wneud ati i gamynganu'n ddybryd, y byddai'n fy ngalw'n Maeve neu'n Mavis o hyn ymlaen gan fod Myfs yn rhy anodd o lawar iddo.

Dwi'n cofio Mark yn deud yn ddiamwys fod ganddo bolisi No Locals. 'You know that you're our first Welshy, ha ha! We don't usually employ locals as our clientele prefer not to mix with locals, ha ha!' Do'n i'm yn siŵr iawn a oedd o'n jocian ai peidio ar y pryd, felly dyma fi'n deud dim, dim ond bwrw mlaen i chwistrellu'r byrdda efo disinffectant a'u sgwrio chydig yn galetach. Ro'n i'n teimlo fel lobio'r cadach gwlyb, budur at ei wynab o a deud, 'Stwffia dy ffocin job!' Ond ro'n i angan y pres i hel fy nhin rownd Bangor, ac mi o'n i'n cael ffeifar yr awr yn fama pan oedd fy ffrindia'n cael tair punt saith deg pump ceiniog yr awr yn gwneud jobsys tebyg ym Mhwllheli. Er bod y cyflog yn well yn Abersoch, roedd y bobol yn tueddu i fod yn waeth.

'We usually employ the kids who are staying at Sandals for the summer,' medda fo wrtha i, fel petai o isio i mi ffrwydro a'i regi o. Faswn i'm yn synnu, achos un fel'na oedd o.

Doedd Angie ddim yn trio fy nghythruddo i fatha Mark. Roedd hi jest yn fy anwybyddu i'n llwyr, ar goll i fyny tina Sammy ac Ollie o Sandals Resort, y pentra *chalet* a'r porth uffarn sydd ryw filltir y tu allan i Abersoch. Roedd y ddau yma yn epil i bobol na fedra i ond eu disgrifio fel 'rêl pobol Abersoch'. Eu teyrnas nhw oedd *the village* yn ystod yr haf. Roedd hi'n dipyn o fêts efo rhieni Sammy ac Ollie am eu bod nhw'n aeloda o gwlt padlfyrddio y pentra nad oedd yn croesawu pobol leol i'r sesiyna er bod 'na 'warm Abersoch welcome' i bawb meddan nhw, ac mi fyddai hi'n cael gwahoddiad i'w *chalet* bob penwythnos gŵyl y banc Awst i glecio gwin a meddwi'n groch y tu ôl i'w sbectols haul drud ar y decin drwy'r nos. A phawb, wrth gwrs, yn gwisgo'r un iwnifform, pawb yn eu siwmperi Lazy Jacks, yn ddryswch o rifa cychod hwylio ac yn gyfesurynna drostyn nhw. Yr unig adag y byddai hi'n yngan gair wrtha i oedd pan oedd hi isio i mi wneud rhyw orchwyl diflas fatha llnau'r lle chwech neu daro mop ar y llawr am ei bod hi wedi caniatáu i Sammy ac Ollie adael y gwaith yn gynnar i fynd i wylltio pawb ar eu jetsgis.

Dwi wedi dilyn sgwarnog arall yn fama, ond yr hyn dwi'n trio'i ddeud ydi nad oedd gen i ofn gwaith. Dwi ddim am i neb feddwl hynny am eiliad. Ond roedd gen i ofn 'mod i'n rhy ifanc i gael fy nghipio'n gynnar fel hyn gan gyfforddusrwydd. Braf arna i, yndê? 'Mod i'n gallu fforddio meddwl fel'na. Ond ifanc o'n i. Anaeddfed. Tair ar hugain. Mae'r rhan fwya o bobol yn cael *midlife crisis* ar adega normal yn eu bywyda, dydyn? Fatha pan fyddan nhw'n wynebu eu pen-blwydd yn ddeugain, neu ar ôl ffendio blew gwyn yn tyfu'n ddigywilydd fel chwyn ar eu penna, neu ar ôl sylweddoli fod ganddyn nhw gric parhaol yn eu gyddfa bob bora wrth ddeffro ac yn ffendio'u hunain yn gorfod cymryd Ibuprofen i frecwast efo'r banad gynta. Ond mi ges i'r argyfwng dirfodol mwya ofnadwy yn dair ar hugain ar ôl graddio efo MA a dechra swydd newydd. Fel y rhan fwya o bobol ifanc sydd wedi arfar ei chael hi'n reit braf, do'n i jest ddim yn barod i wynebu realiti.

Wrth yrru adra o'r swyddfa un noson, yn fuan ar ôl dechra'r job 'ma a chyn i mi gael e-bost gan y brifysgol yn deud bod fy nghais am gyllid i wneud cwrs PhD yn y Gymraeg wedi bod yn llwyddiannus, dwi'n cofio hel meddylia: hunandosturi breintiedig hogan ifanc nad oedd, hyd yma, wedi profi unrhyw galedi, y meddylia 'och gwae fi!' rheiny, fatha 'Ai hyn fydd fy mywyd i o hyn allan?' ac 'Ma' raid bod mwy i fywyd na hyn?' Yn dair ar hugain mi ges i fy achub o'r hyn ro'n i'n ei ystyried (yn annioddefol o hunangyfiawn ar y pryd) fel y llwybr at ddadrith, diflastod a diddymdra, gan Gyngor Ymchwil y Celfyddydau a'r Dyniaethau. Mi ges i bres ganddyn nhw, a dyna sut ges i dreulio gweddill fy ugeinia yn camddehongli barddoniaeth Dylan Thomas.

Er i mi grafangu i'r *academe* drwy gael estyniad ar ôl estyniad ar ôl estyniad i gwblhau'r ddoethuriaeth, ar ôl chwe blynadd o ddarllan, sgwennu a llawar iawn o dindroi, yn fy nawfed flwyddyn ar hugain ar y ddaear hon, dyma fi'n cyflwyno thesis o dros gan mil gair ar gyfieithiada Cymraeg o farddoniaeth Dylan Thomas. Mi lwyddis i basio efo mân gywiriada, diolch byth. Ar ôl ysgwyd llaw rhyw ddyn ar y llwyfan yn y seremoni raddio, ar ôl diolch yn ddiffuant i'r darlithwyr am bob cefnogaeth, ar ôl ffarwelio â'm cyd-fyfyrwyr a thynnu digon o lunia efo pawb i gofio'r diwrnod, mi ges i fy rhyddhau o ddiogelwch y tyrau ifori ac mi aeth y traethawd yn syth i fynwent y llyfrgell i hel llwch.

Ar ôl cyflwyno'r traethawd, mi ges i chydig o argyfwng gwacter ystyr. Ac mi ddysgis i'n reit handi nad oedd bod yn fyfyrwraig PhD yn *personality trait*. Doedd gan bobol y tu allan i'r cylchoedd academaidd ddim diddordeb yn y llythrenna o flaen nac ar ôl fy enw. A rŵan, ar drothwy'r deg ar hugain, doedd gen i ddim dewis ond tynnu 'mhen allan o'm llyfra ac allan o 'nhin a wynebu'r byd go iawn fatha pawb arall. Ro'n i ar ei hôl hi yng ngolwg llawar iawn o bobol. Be dwi'n ei olygu wrth hynny ydi bod y rhan fwya o fy ffrindia agosa – ffrindia ysgol a ffrindia coleg fel ei gilydd – wedi dechra byw bywyd go iawn yn syth ar ôl graddio. Roedd gan y rhan fwya ohonyn nhw jobsys call oedd yn talu digon i'w galluogi nhw i gynilo pres i drio prynu tŷ. Roedd rhai yn dyweddïo ac yn priodi, a rhai'n beichiogi, yn epilio ac yn magu. A thra oeddan nhw'n llamu o un garrag filltir i'r llall, ro'n i'n loetran mewn llyfrgelloedd, yn gwario 'mhres prin ar goffi crap fel tasa caffîn am fy helpu i ddallt barddoniaeth gynnar Dylan Thomas yn well, ac yn crwydro o gynhadledd i gynhadledd i gyflwyno papura ugain munud ar fy mhwnc ymchwil nad oedd o ddiddordeb i neb ond fi a 'nhiwtor, o bosib. Fel y gwelwn i betha ar y pryd, roedd y cwrs PhD yn ffordd o dynnu'n groes i ddisgwyliada'r gymdeithas ohona i fel merch yn fy ugeinia. Achos pan fyddai'r gwesteion meddw a busneslyd ym mhriodasa fy ffrindia yn holi a stilio pryd o'n i'n mynd i chwilio am 'waith go iawn', pryd o'n i am 'setlo', pryd o'n i am 'ffendio gŵr' ac yn y blaen ac yn y blaen ac yn y blaen, roedd 'Argol! Sgin i'm amsar i feddwl am betha fel'na ar y funud!' yn rhoi taw ar y cwestiyna. Ac yn fy ugeinia cynnar, roedd 'dwi'n rhy brysur efo'r PhD ar hyn o bryd!' yn atab derbyniol. Ond erbyn i mi gyrraedd fy ugeinia hwyr, a finna yn chwechad flwyddyn y cwrs erbyn hynny, roedd y parch at fy ymrwymiad i ymchwil wedi troi'n fwy o dosturi ac 'o diar' a 'bechod' ac 'i be'.

Yn fuan iawn ar ôl derbyn y dystysgrif PhD yn y post, ar drothwy'r deg ar hugain, dyma fi'n beichiogi, ond nid am y tro cynta. Roedd gweld y ddwy linell las y tro yma'n brofiad gwahanol, oedd, ond doedd o ddim byd tebyg i orfoledd y merchaid ar yr hysbysebion Clearblue chwaith. O ran fy ymatab, amwys ydi'r gair sy'n dŵad i'r meddwl. Roedd y pryder, y 'be os digwyddith hynny eto?', yn gysgod dros fy llawenydd i. Ddudis i 'run gair wrth 'run enaid byw nes bod rhaid, hynny ydi, nes i'r salwch fradychu fy nghyfrinach. Mi ddechreuodd pobol sylwi'n reit sydyn 'mod i'n edrych yn hyllach nag arfar, yn deneuach, yn fwy llwydaidd a lliprynnaidd nag erioed, ac felly roedd hi'n anodd iawn cadw'r newyddion dan fy het. Ond er i mi gael fy nharo'n wael iawn gan fy meichiogrwydd, yn waeth os rwbath y tro yma, mi driais i 'ngora i beidio â chwyno, rhag ofn.

Mi rannis i'r newyddion 'yn swyddogol' efo teulu a ffrindia ar ôl derbyn cadarnhad yn y sgan deuddeng wythnos fod popeth yn ymddangos – am y tro, o leia – yn iawn: yn addawol, yn obeithiol, yn normal. Roedd pawb yn hapus iawn drostan ni ac yn dymuno'n dda i ni. Y cynta i ymateb oedd Ffion, fy ffrind gora ers ein dyddia yn yr ysgol feithrin. Anfonodd Ffion lwyth o emojis a oedd yn awgrymu ei bod hi wedi'i chyffroi'n llwyr gan y newyddion, ond dyma hi'n anfon neges arall hefyd nad o'n i'n siŵr iawn sut i'w dehongli ar y pryd.

'Omg, llongyfarchiada masif, Myfs!! Dwi mewn sioc 'sdi!! Ro'n i'n meddwl na chdi fasa'r ola ohonan ni i gal babi lol! Do'n i'm yn meddwl bo chdi y maternal type!! Ti di siocio fi!! Ond newyddion bril ddo!! Llongyfs eto!!!xxxx'

Wnes i ddim traffarth gofyn be yn union roedd hi'n olygu, dim ond diolch iddi ac anfon swsys ac emojis yn ôl. Ond roedd ei geiria hi, ei thybiaeth hi ynghylch fy mamolrwydd, neu yn hytrach fy anfamolrwydd, yn chwyrlïo yn fy meddwl i. Dwi'n gwybod nad oedd hi'n trio fy mrifo i o gwbwl, ond mi wnaeth hynny fy mrifo i rywfaint a dwi ddim yn siŵr pam. Mi oedd 'na ergyd yn ei geiria hi ac mi oedd o'n brifo fatha ymyl papur drwy groen bys. Achos do'n i erioed wedi deud nad o'n i isio bod yn fam. Ond do'n i erioed wedi deud 'mod i isio bod yn fam chwaith. Y gyfrinach fwya ro'n i'n ei chadw yng nghrombil dyfnaf fy mod oedd fy nyhead i fod yn fam. Dwi ddim wedi cydnabod na chofnodi'r dyhead hwnnw mewn unrhyw ddyddiadur tan heddiw, achos roedd gen i'r ffasiwn ofn cyfadda'r peth wrtha i fy hun. Roedd gen i ofn na fasa hyn yn digwydd i mi, i ddechra arni. Ond roedd gen i ofn hefyd be fasa'n digwydd i mi tasa hyn yn digwydd i mi. Roedd gen i ofn y baswn i'n cael fy nifodi'n llwyr gan fy rôl newydd. Ofn colli fy hun. Ofn colli pwy o'n i. Ofn colli fy llais, rywsut. Ac ar ben hynny roedd gen i ofn rhyfadd, rhyw swildod neu gywilydd, fod y dyhead yn fy ngwneud i'n llai o ffeminist. I mi, ar y pryd, roedd cydnabod bod y cloc biolegol yn *bod* yn gyfystyr ag ildio i'r Batriarchaeth. Ond mi ffendis i yn fy ugeinia hwyr nad o'n i'n medru tynnu'r batris allan o'r cloc. Ro'n i'n dal i'w glywad yn tician, waeth pa mor ddwfn o'n i'n trio'i gladdu o.

Rhwng dechra'r MA a chyflwyno'r thesis PhD, roedd Ffion wedi cael tri o blant ac yn brysur iawn yn magu. Dwy hogan ac un hogyn sydd ganddi, ac un bach arall ar y ffordd. Mae hi wedi deud erioed, yn gwbwl ddiamwys, y basa hi'n licio cael llond tŷ o blant. Athrawes oedd hi, ond mi roddodd y gora i'w swydd yn fuan iawn ar ôl cael yr ail er mwyn canolbwyntio ar y magu. Dwi'n ei chofio hi'n trio trafod ei phenderfyniad efo fi, yn esbonio y basa hi'n gwario celc sylweddol o'i chyflog ar ofal plant, ond cyn iddi gael cyfla i orffan ei brawddeg, dyma fi'n torri ar ei thraws ac yn saethu cwestiwn ati fel bwlad: 'Ond ti'n siŵr bo chdi isio rhoi'r gora i dy waith?' Fi oedd y Ffeminist ar ei Hysgwydd, yn poeni y basa hi'n difaru. 'Dim ond mam fyddi di wedyn,' medda finna. *Dim ond* mam. Dwi'n cywilyddio, nid yn unig wrth gofio am fy niffyg cefnogaeth, ond wrth gofio pa mor ddi-hid a difeddwl o'n i yn gyffredinol. Dwi'n crebachu fel gwlithen dan gawod o halen bob tro wrth gofio cyn lleiad o ddiddordeb ddangosis i yn ei bywyd ar ôl iddi gael plant. A dwi'n teimlo'n swp sâl wrth gofio cyn lleiad o help gynigis i iddi a hitha, wrth sbio'n ôl, yn amlwg ar goll yn nhymhestloedd yr wythnosa cynta 'na fel mam newydd, a hynny efo'r cynta, yr ail a'r trydydd. PhD PhD PhD oedd bob dim gen i ar y pryd, ac roedd y 'rhy brysur efo'r PhD' yn esgus handi a chyfleus bob tro i beidio â mynd draw. Ro'n i'n ffrind gwarthus ac yn berson hollol, hollol shit.

Dwi'n cofio gorwadd ar y ward ar ôl geni Gwern a'r

euogrwydd a'r cywilydd yn tarfu ar fy nedwyddwch fel cenllysg ym mis Awst. Ffion oedd y ffrind cynta i fy llongyfarch ar ei enedigaeth, a'r cynta o'r grŵp i ddŵad i'n gweld ni ar ôl cyrraedd adra, a'r tri bach wrth ei chwt fel cywion. Dau o'r gloch y pnawn oedd hi, os cofia i'n iawn, ac roedd Owain wedi dechra yn ôl yn ei waith ar ôl pythefnos o gyfnod tadolaeth, pan glywis i gloch y drws yn canu. Ac mi o'n i mor falch o'i chlywad yn canu y diwrnod hwnnw. Mi godis i oddi ar y soffa yn ara deg, efo Gwern yn fy mreichia, i weld pwy oedd wrth y drws, gan deimlo'r pwytha'n crafu fel drain oddi tana i bob cam. Roedd golwg orffwyll arna i, ond doedd uffar o otsh gen i sut olwg oedd arna i i bwy bynnag oedd yn sefyll ar y rhiniog nac yn cerddad heibio y bora hwnnw. Mi agoris i'r drws yn feichus o laethog fel buwch odro mewn gŵn nos staenllyd oedd yn drewi o lefrith sur. Roedd fy ngwynab yn welw ac yn chwyddedig, mor grwn â lleuad llawn, fy llygaid yn waetgoch ac wedi suddo i gefn fy mhen. Roedd fy ngwallt yn seimllyd ac yn gagla i gyd a doedd gen i ddim syniad pryd oedd y tro dwytha i mi folchi'n iawn.

'I Gwern mae hwn,' medda Ffion, gan osod basgiad wiail yn ofalus ar fwrdd y gegin, 'ond dwi wedi dŵad â rwbath bach i chdi hefyd.'

Rwbath *bach*, medda hi. A dyma hi'n pwyntio at y bocs cardbord mawr trwm wrth ei thraed. Mi gipiodd Gwern oddi arna i a dechra ffysian drosto a gwneud syna 'cwji cw' er mwyn i mi gael busnesu drwy'r fasgiad. Roedd hi'n llawn o festia a chlytia a weips a charpia mwslin, siampŵ Johnson's (yr un melyn), cwningan fach wen a blancad weu bob lliw. Ac yn y bocs 'hunan-ofal' wrth fy nhraed, roedd hi wedi pacio hylif bàth Badedas, bar Dairy Milk anferthol, jar o Nutella, bocsiad mawr o PG Tips, cwpan seramig â'r geiria 'Mam Arbennig' arni, sliperi cynnas, padia, Spritz for Bits a Lanolin i leddfu tethi dolurus, beiro neis a dyddiadur newydd ('i gofnodi cerrig milltir Gwern'). Yr unig beth rois i iddi hi ar achlysur geni ei phlentyn cynta oedd dilledyn maint babi newyddanedig o Asda, oedd yn amlwg yn rhy fach iddo erbyn i mi fynd draw i'w gweld nhw. Roedd y babi, erbyn hynny, yn fis oed ac yn gwisgo dillad maint 0–3 mis.

'O Ffi,' medda fi drwy fy nagra. Trio diolch iddi o'n i, ond ro'n i'n tagu ar fy euogrwydd ac roedd ei charedigrwydd wedi fy ngadael yn fud.

'Ssh! Sdim angan diolch, siŵr. Dos di rŵan i'r gawod, cymera banad, ac mi watsiwn ni ar ôl Gwern i chdi.'

Mi ferwis i'r teciall, ac am y tro cynta ers i mi ddŵad adra o'r ysbyty, mi wnes i banad felys a'i hyfad hi'n boeth, ac mi olchis i fy ngwallt am y tro cynta ers dyddia. A phan ddois i allan o'r gawod yn edrych fel llgodan fawr wlyb, roedd Gwern yn y fasgiad moses yn cysgu'n sownd efo'i freichia uwch ei ben a'i ddyrna bach wedi llacio'n braf, a Ffion yn disgwyl amdana i efo'i chrib.

'Ty'd yma i mi gael sortio'r gwallt 'na.'

Mi blygis i o'i blaen yn ufudd a dechra beichio crio.

'O god, ydw i'n dy frifo di?'

'Dwi mor sori, Ffi.'

'Am be, Myfs?'

'Am nad o'n i yna i chdi pan oedda chdi'n mynd drwy hyn dy hun. Dwi mor sor–'

'O, Myfs, doedda chdi'm i wbod, nag'ddat? Anghofia fo! Wir rŵan. Callia. Reit, sgin ti *tangle teaser* neu *detangling spray*? Ma' angan tŵls gwell na chrib i fynd drwy'r nyth 'ma ar dy ben di!'

Sychodd Ffion fy nagra, ac mi sychodd fy ngwallt a'i gribo'n gariadus. Mae Ffion yn berson, yn ffrind ac yn ffeminist llawar iawn gwell na fi.

* * *

Gradd da yn y Gymraeg
Ar y Volvo bathodyn Tafod y Ddraig ...
Fin nos yn mynychu bwytai
Wedi dydd ar y prosesydd geiriau
Mewn swydd sy'n talu'r morgais

                    'Cân i Gymru', Datblygu

FFUGENW: Y DYCHANWR
Yr un hen stori

'Nei di addo i mi na fyddwn ni'n un o'r cypla trist 'na sy'n trefnu
date night bob mis mewn ymdrech ofer i fegino'r fflama sy'n
bygwth diffodd?'

'Blydi hel. Am be wt ti'n sôn rŵan?'

'Dwi jest ddim isio ista gyferbyn â chdi mewn bwyty ymhen
ugian mlynadd, yn hollol, hollol fud. Dwi'n ein gweld ni rŵan
sdi, finna'n trio 'ngora i sbarduno sgwrs drwy ofyn sut ddiwrnod
ges di a chditha'n atab "iawn" ac yn gofyn dim yn ôl. A finna'n
deud wedyn "wt ti'n cofio'r hen gronc Peugeot 'na oedd gin ti pan
oeddat ti'n ddeunaw a hwnnw'n cau tanio?" A chditha'n deud
dim, yn fy anwybyddu'n llwyr, felly dwi'n cario mlaen. "Wel felna
yn union 'dan ni sdi, mae'r batri 'di mynd fflat ers talwm achos
bo ni'm yn tanio'r injan ddigon amal." Ti ddim yn codi dy ben
o'r ffôn. Dwi'n ochneidio, ac yn gwneud sioe o ochneidio i drio
cael dy sylw di, ac o'r diwadd ti'n gofyn allan o raid ryw ddau
funud wedyn, ar ôl gorffan tecstio rhywun – yr au pair, ella, am
dy fod di wedi bod yn ei llgadu ers iddi ddechra gwarchod Llinos
a Llywarch i ni gael mynd ar y *date nights* digalon 'ma – "Be sy
matar efo chdi rŵan 'ta?" Dyna ti'n ddeud wrth roi'r ffôn ben i
waered ar y bwrdd a thuchan i ddangos bo chdi'n pisd off efo fi.
Ond sgin i'm mynadd egluro be sy'n bod a dwi'n penderfynu
estyn fy ffôn a dy anwybyddu di nes mae'r bwyd yn cyrraedd y
bwrdd. Mi fydda i'n sgrolio'n ddiamcan wrth sipian gwydriad
arall o Malbec ac yn sbio ar dudalenna Facebook fy nghyn-
gariadon ac yn meddwl tybad ydyn nhw'n meddwl amdana i
weithia pan fyddan nhw'n teimlo'n llawn dadrith wrth ista

gyferbyn â'u gwragedd mewn bwytai crand fatha ninna?'

'Ond hold on, dwt ti ddim yn licio gwin coch?'

'Wel, mi fydda i'n yfad gwin coch erbyn hynny achos dyna ma' merched dipresd yn neud 'de? Ac wedyn ar y ffordd adra, mi nei di ofyn ryw gwestiyna boring fatha "nes di fwynhau'r bwyd?" a "be oedda chdi'n feddwl o'r gwin?" er nad wt ti'n poeni am fy marn i o gwbwl. Ac mi fydda inna'n deud rhyw betha fatha "ti'n cofio bod gan Llinos wersi telyn nos fory dwt achos ma' gin i gyfarfod efo'r llywodraethwyr yn yr ysgol felly fedra i'm ei danfon hi." Fel arall, does 'na'm sgwrs rhyngthon ni o gwbwl ac mae'r gwin coch a sŵn y glaw a'r weipars yn fy ngneud i'n gysglyd. "Dan ni adra," dyna ti'n ddeud wrth barcio'r car yn y dreif o flaen y tŷ. Ac allan â fi, yn syth i folchi yn yr en suite ...'

'En suite? Ond dwt ti ddim yn ddosbarth canol – neu dyna ti'n ddeud 'tha i o hyd. Ti'n ymfalchïo yn y ffaith bo chdi ddim yn ddosbarth canol achos dy fod di'n watsiad *Coronation Street* a rioed wedi aros yn y maes carafana ...'

'... chditha wedyn yn amheus o hir yn y stafall molchi i lawr grisia. Dwi'n gwbod yn iawn be ti'n neud go iawn y mochyn. A'r hyn sy'n dristach na hynny ydi, ffwc otsh gin i. Achos 'dan ni bellach yn ddieithriaid yn yr un gwely. Ac ar ôl i chdi ddileu dy *search history* ti'n sleifio dan y cynfasa, a ti'n actio fatha bo chdi ddim yn gwbod 'mod i'n effro, ond ti yn gwbod go iawn, dwi'n siŵr o hynny. A ti'm yn deud "nos da". Dim "caru chdi". Dim sws na dim byd. A bob nos dwi fatha bo fi'n troi'r geiria "caru chdi" yn fy ngheg mor hir nes 'u bod nhw'n blasu'n od ac yn ddiarth ac yn glynu i dop fy ngheg i a 'nhafod i fel bara gwyn rhad. A ti'n dechra chwrnu a finna wedyn jest yn gorwadd yno, yn syllu'n ddifynegiant ar y nenfwd, a dwi'm yn meddwl i 'mod i rioed 'di teimlo mor unig, yn hiraethu am flynyddoedd cynnar ein perthynas, yn meddwl be ddiawl aeth o'i le? Sut 'dan ni wedi diweddu – darfod – fel hyn, fel pawb arall, yn llwyd ac yn boring ac yn ganol oed? Pwy agorodd y drws tuag Aberhenfelen a difetha bob dim?'

'Lle?'

'O iesgob, dio'm otsh. Wrth sbio'n ôl ormod ma' rhywun yn mynd yn dipresd dydi. Ond mae sbio mlaen ormod yn gneud i rywun deimlo'n dipresd hefyd. Achos fyddwn ni byth, byth mor ifanc ag ydan ni rŵan. A 'dan ni i gyd ar yr un siwrna anorfo–

Taswn i'n cyfeirio at Aberhenfelen mewn sgwrs efo Owain fatha mae'r cymeriad yn y stori yma'n ei wneud mae'n debyg mai 'Lle?' fasa'i ymatab o hefyd, ond diolch byth, mae gynnon ni betha eraill yn gyffredin. Stori ddychanol, ffwrdd-â-hi ydi hon *i fod*, am wn i, ond mae'r dychan ynddi braidd yn anaeddfed ac yn ddiflas, fel y cwpwl yn y stori. Wedi deud hynny, rhaid i mi gyfadda 'mod i wedi cael pwl digon tebyg i gymeriad yr hogan ifanc ynghylch dyfodol ei pherthynas. Pan ffendis i 'mod i'n disgwyl, dwi'n cofio poeni'n dawal bach sut fasa'r newid byd 'ma'n effeithio ar ein perthynas ni. Dwi'n cofio poeni na fasa petha byth, byth yr un fath a'n bod ni'n wynebu'r un dynged ddigalon â'r cwpwl yn y stori hon (y methiant i gyfathrebu 'lly, nid cymaint yr *ennui* dosbarth canol). Mae petha wedi newid, do, ond dydi'r fflama ddim wedi'u diffodd yn llwyr eto. 'Dan ni'n dal i fudlosgi, er ein bod ni'n fwy o gyd-letywyr na chariadon erbyn hyn.

Dwi'n cofio'r noson gynta 'na yn yr ysbyty ar ôl geni Gwern a'r adrenalin a'r poenladdwyr yn chwyrlïo o gwmpas fy nghorff. Roedd cwsg yn bell er 'mod i jest â marw isio cysgu ac yn trio 'ngora glas i gau fy llygaid tra oedd Gwern yn cysgu, ond mi dreulis i bob awr o'r noson honno yn gorfeddwl bob dim. Mi anfonis i neges at Owain tua pedwar y bora yn deud 'mod i'n meddwl am ein perthynas fatha pwdin reis: llith dryslyd yn deud bod *rhaid* i ni gadw petha i ffrwtian ar y tân, a bod *rhaid* i ni ofalu na fydd y berthynas yn oeri i'r fath radda nes bod hen groen o setlo a bodloni yn cronni am ein penna ni, a'n mygu. Mi ofynnis i hefyd a oedd o'n dal i 'ngharu i, a finna'n fam rŵan. 'Dwi'n caru chdi'n fwy nag erioed Myfs,' ges i'n atab. Ro'n i isio gofyn pam, ond wnes i ddim.

Ar ddechra'r berthynas mi fyddwn i'n arfar gofalu na fyddai'r cyllyll yn croesi yn y sinc am nad o'n i byth isio iddi fynd yn ffrae rhyngddon ni. Erbyn heddiw, rhaid i mi gyfadda nad ydw i'n poeni yr un fath am y cyllyll – 'dan ni'n cecru'n amlach dyddia yma, croesi neu beidio. Ond 'dan ni'n dal i gusanu, ac mae hynny'n bwysicach na dim, dwi'n meddwl, achos pan mae'r cusana'n darfod, mae'r fflama'n diffodd, dydyn? Ond gall wythnosa fynd heibio cyn ein bod ni'n cael amsar efo'n gilydd, 'jest ni'n dau', fatha oeddan ni ers talwm.

Mae'n gas gen i gyfadda hyn, ond dwi o ddifri'n meddwl mai gweld cegin lân ydi'r affrodisiac mwya i mi erbyn heddiw. Mae 'na bentwr o lestri yn mwydo yn y sinc ers ddoe, a phentwr o ddillad yn drewi ar y llawr wrth y peiriant golchi ers tridia, ac mae bob dim jest yn pentyrru ac yn pentyrru'n dragwyddol yn y tŷ 'ma waeth faint o llnau a chlirio dwi'n ei wneud. Os geith Owain a fi blentyn arall ryw ddiwrnod, a'r plentyn ymhen blynyddoedd yn holi'n ddiniwad dros bowlan o Rice Krispies sut yn union y daeth o i'r hen fyd 'ma, mae'n debyg mai'r atab geith o fydd: 'Ti yma, 'mabi clws i, am fod dy dad wedi llnau'r gegin yn sbotles i mi.' *I mi.* Fedra i'm coelio 'mod i newydd sgwennu'r ffasiwn beth.

Cyn geni Gwern, ro'n i'n hyderus y basan ni'n dau yn wahanol i bawb arall. Ro'n i wedi bod yn glust am flynyddoedd i straeon arswyd fy ffrindia a fyddai'n cwyno byth a hefyd eu bod nhw'n gwneud y cwbwl lot a'u gwŷr yn gwneud ffyc ôl. Mi fyddwn i'n gegrwth yn gwrando ar y straeon 'ma: pob un yn gweld bai ar y mamau am fagu dynion mor ddiog a finna'n gweld bai arnyn nhwtha am ganiatáu'r diogrwydd. Doedd eu tadau ddim yn dŵad o dan y lach fatha'r mamau, doeddan nhw ddim yn dŵad yn agos i'r sgwrs, a deud y gwir. Mi fyddwn inna'n ysgwyd fy mhen, ac isio'u hysgwyd nhw. Ac mi fyddwn i'n meddwl pam ffwc dach chi'm yn deud hyn wrthyn nhw, genod, be ffwc sy'n bod arnoch chi? Roedd eu gwyleidd-dra a'u hapathi yn fy siomi ac yn fy mhoeni, ac mi fyddwn i'n cario'u cwynion fel clecs i'w hadrodd yn ôl wrth Owain, gan obeithio y byddai'n synhwyro'r tinc rhybuddiol yn fy nhwt-twtian hunangyfiawn. Ond doedd o byth yn ymatab ryw lawar, wrth sbio'n ôl, dim ond codi ei aelia bob hyn a hyn, heb godi'i lygaid oddi ar beth bynnag oedd o'i flaen ar y pryd, boed yn gêm bêl-droed neu'n gêm PlayStation neu'n ffôn.

Mi fydda i'n chwerthin wrth feddwl yn ôl am fy smygrwydd a'm naïfrwydd ar y pryd, ond taswn i'm yn chwerthin yna mi faswn i'n crio. Ac mi fydda i'n meddwl weithia wrth edrych ar Owain yn pasio drwy'r gegin yn hwyr yn y bora yn hamddenol braf, yn ymlwybro'n ddiofal i'r stafall molchi a'i ben yn ei ffôn, ei feddwl yn llawn sïon transffer Lerpwl, yn cau'r drws yn glep arnon ni ac yn mwynhau cawod hir iawn heb orfod cyfiawnhau ei angan i folchi, heb orfod datgan wrth bawb yn y tŷ, 'Fydda i'm dau funud, ocê! Dim ond slempan cath sydyn!' a finna'n uwd drostaf yn trio perswadio Gwern i fwyta'r slwj llwyd ers ugain munud dda ar ôl noson ddarniog, rwystredig arall o fronfwydo rhwng cwsg ac effro … mi fydda i'n meddwl ar yr adega hynny nad y gwaith magu ydi'r peth anodda am fod yn fam, ond y siom a ddaw yn anochel o sylweddoli nad ydan ni'n gydradd yn ein perthynas newydd fel Mam a Dad wedi'r cwbwl, a waeth pa mor gyfartal o'n i'n meddwl oedd petha rhyngddon ni cynt, mae'r glorian wedi troi i ninna hefyd a 'dan ni 'run fath â phawb arall.

Reit, cyn i mi symud ymlaen at y stori nesa, mi ddylwn i gyfeirio yn rwla yn y feirniadaeth, ma' siŵr, fod yr awdur hwn, Y Dychanwr, fel sawl awdur arall yn y gystadleuaeth, wedi trio dychanu'r Dosbarth Canol Cymraeg (DCC) a methu. Ond o gymharu ymdriniaeth Y Dychanwr â'r straeon eraill, gellid dadla bod mwy o haena i'r stori hon na'r lleill. Hynny ydi, dwi'n teimlo bod yr awdur yn gwneud mwy na jest sbeitio er mwyn sbeitio. Ac mae'n bwysig cofio mai cystadleuaeth stori fer ydi hon i fod, nid cystadleuaeth cymryd y pis. Taswn i'n feirniad llymach, casach o lawar mi faswn i'n deud rwbath i'r perwyl canlynol:

Er i mi wirioni fod cynifer o ymgeiswyr wedi rhoi cynnig ar ysgrifennu straeon byrion dychanol eleni, caf fy nhemtio i'w casglu ynghyd a'u cyhoeddi mewn cyfrol ag iddi'r teitl Y *Tship ar fy Ysgwydd a Straeon Eraill* gan fod yr awduron hyn yn ymylu ar swnio ychydig yn chwerw. Os nad oes gennych rywbeth gwahanol i'w ddweud am y dosbarth canol Cymraeg, yn eich canfod eich hun yn palu ystrydebau anarbennig heb ddweud dim newydd ac yn adleisio'n slafaidd ac yn stroclyd y teipiau stoc hynny o'r Crachach a ddelweddir yng nghân adnabyddus Datblygu, 'Cân i Gymru' ...

... ond maen nhw'n gocyn hitio mor hawdd, dydyn?

O edrych ar fy CV mi fasa rhywun yn siŵr o ddadla fy mod i bellach yn aelod cyflawn o'r DCC. Mae rhywun pwysig ar y Pwyllgor Llên wedi gofyn i mi feirniadu'r gystadleuaeth straeon byrion yn yr Eisteddfod Genedlaethol i ddechra arni. Mae gen i ddoethuriaeth mewn Llenyddiaeth Gymraeg. Ac yng ngolwg Mam a Dad, sydd wedi gorfod llafurio ar hyd eu hoes i gadw'r blaidd o'r drws yn hytrach na chyflawni rhyw uchelgais yrfaol fatha fi, dwi'n ei chael hi'n uffernol o braf yn cael fy nghyflogi i drafod llenyddiaeth drwy'r dydd, bob dydd. Ar ddiwadd y PhD, pan o'n i'n hollol sgint, mi fues i'n ddigon lwcus i gael gwaith dros gyfnod mamolaeth efo'r Comisiynydd, swydd lle oedd y Gymraeg 'yn hanfodol' a bron neb yn dallt be yn union oedd y job. Ac wrth gwrs, mi ges i hwb gan Mam a Dad i brynu tŷ. Felly yndw, dwi'n freintiedig uffernol, ond ydw i go iawn yn perthyn i'r DCC? Mi faswn i'n dadla bod y DCC yn fwy na chyflog a gwaith ac addysg. Mae o'n ffordd o feddwl ac yn ffordd o fyw. A ches i 'mo fy magu fel aelod o'r dosbarth hwnnw.

Er 'mod i'n gwamalu yn fama ac yn ddim gwell na'r holl awduron Cymraeg eraill (yn cynnwys Y Dychanwr) sydd wedi trio dychanu'r DCC ar hyd y blynyddoedd, dwi'n cydnabod bod 'na le i ddiolch amdanyn nhw hefyd. Dwi'n diolch am y DCC yn yr un ffordd â dwi'n diolch am y Beibl Cymraeg a'r capeli. Dwi'n cael yr un faint o gysur o ddarllan gwaith Camus ag ydw i o ddarllan adnoda o'r Beibl, ond dwi'n cydnabod na fyddai'r Gymraeg a'r diwylliant Cymraeg cyn gryfad oni bai am y capal. Diolchaf, yn yr un modd, am y DCC.

Ond dwi *yn* dallt yr awch anghyffredin 'ma sydd gan lenorion Cymraeg i ddychanu'r snobs: y math o bobol y dowch chi ar eu traws nhw mewn digwyddiada llenyddol, er enghraifft. Y bobol hynny sy'n siarad efo chi pan nad oes neb arall o gwmpas, ag un llygad wastad yn chwilio'r dorf am rywun gwell, pwysicach o lawar na chi. Y bobol hunanbwysig hynny sy'n barod i'ch gadael ar ganol eich brawddeg er mwyn cael eu gweld yn llongyfarch a seboni'r awdur. Fel cyn-fyfyrwraig PhD Llenyddiaeth Gymraeg, dwi wedi mynychu gormod o lansiada llyfra ar hyd y blynyddoedd. Taswn i'n awdur, mi faswn i'n deud wrth adran farchnata'r wasg, 'ylwch, dwi'm isio lansiad', yn yr un ffordd ag y dudis i wrth fy ffrindia, 'ylwch, dwi'm isio *baby shower*' ar ôl i mi rannu'r newyddion 'mod i'n feichiog. Diolch byth, mi barchon nhw fy nymuniada. Mae'n gas gen i fod yn ganolbwynt y sylw.

A finna bellach yn fy nhridega cynnar, mae digwyddiada fel *baby showers* a phartïon plu yn dechra arafu. Ond ar un cyfnod yn fy ugeinia, rhwng ail flwyddyn y PhD a'r flwyddyn ola ond un, ro'n i'n suddo'n is ac yn is i'r gorddrafft a'r cyllid ymchwil yn mynd fel dŵr ar ddillad-mynd-allan a ffrogia newydd ar gyfar yr holl briodasa 'ma. Ro'n i'n taflu pres a mwy o bres at y cypla er mwyn iddyn nhw gael mynd rownd y byd, ac er mwyn i minna gael teithio ar fŷs rownd tafarndai Pen Llŷn, ac aros mewn Airbnbs doji ar y Costa del Sol. Roedd y lletyau hyn wastad yn fargan neu'n 'ddîl amêising!' yn ôl y morynion ... am eu bod nhw wastad yng nghanol nunlla, dyna pam. Am eu bod nhw fel arfar ar ochor y ffordd ddeuol fawr brysur rhwng Málaga a Marbella, a'r tacsis i'r trefi agosa yn costio mwy na'r ffleit i Sbaen ac yn ôl. Ro'n i'n gwario gormod o bres o lawar ar boteli o Semi Seco a nosweithia blêr uffernol mewn clybia nos oedd yn ogla fatha chwd a thraed, lle byddai'r llawr yn ludiog ac yn llithrig ar yr un pryd. Mi fyddai'r staff o hyd yn deud y drefn wrth bob un ohonon ni yn ein tro am sefyll a dawnsio ar ben byrdda, a'r chwara bob amsar yn bygwth troi'n chwerw gyda phob shot, yn enwedig pan oedd gan y briodferch garfana o ffrindia na fyddai'n cyd-dynnu o gwbwl o'u gwirfodd y tu allan i grŵp WhatsApp y parti plu.

Y mwya cofiadwy o blith yr holl bartïon plu oedd un Ffion. Hi oedd y cynta o'r giang i ddyweddïo a phriodi ac felly roedd trefnu parti plu, bod yn forwyn briodas a chael gwisgo sash *Bride Tribe* a sugno Prosecco drwy strô ffalig blastig yn dal i fod yn rwbath newydd a chyffrous, ac yn fraint o'r mwya. I Fanceinion aethon ni, dinas fawr ddiarth i ni i gyd ar y pryd. Roeddan ni'n sgertiog, yn sentiog, yn drwch o golur ac yn llawn cyffro ac yn barod am uffar o noson dda. Mi drefnon ni fŵth VIP mewn rhyw glwb nos ffansi a dienaid braidd yn y Northern Quarter i orffan y noson mewn steil. Ond roedd y clwb nos yn farwaidd, roedd y DJ yn chwara cerddoriaeth bwm-bwm-bwm yn hytrach na chaws y nawdega ac felly doeddan ni ddim yn medru canu na dawnsio'n iawn. Roedd pawb yn bôrd ac yn chwara'r fersiwn parti plu o 'Mi wela i efo fy llygad bach i rwbath yn dechra efo ...' i drio cwffio'r diflastod, sef 'Mr a Mrs', ac mi o'n i wedi cael llond bol ar wrando ar fanylion secs laiff

Ffion a Wil Caeau Meillion, ac wedi laru hefyd ar wrando ar y genod yn trafod dynion a'u cocia a'u diffygion hyd syrffed.

* * *

... a rhoes glamp o gusan ar fy ngwefus. Nid oedd dim a roes mwy o bleser imi. Os byth ysgrifennaf fy atgofion, bydd y weithred hon yno ...

Llythyr Kate Roberts at Morris T. Williams

Mi fyddai'n arfar bod yn dipyn o jôc o fewn y grŵp 'mod i'n 'mynd ar goll' ar nosweithia allan. Do'n i ddim yn un o'r bobol hynny oedd yn gallu aros yn yr un dafarn neu'r un clwb drwy'r nos. Mi fyddwn i o hyd yn diflannu ac yn mynd i grwydro am chydig oria, yn sychu dagra ac yn twtio colur ffrindia newydd yn y toileda, ffrindia na fyddwn i'n debygol o'u gweld eto ar ôl camu yn ôl i grombil y clwb nos. Ac mi fyddwn i hefyd wrth fy modd yn rhannu cyfrinacha efo dieithriaid mewn gerddi cwrw yng ngola sigarét er nad ydw i'n smocio, cyn ffarwelio am byth a gadael i'r cyfrinacha ddiflannu i'r nos fel y mwg a chwyrlïai o'n cwmpas. Ond doedd neb byth yn poeni amdana i achos mi fyddwn i wastad, rywsut neu'i gilydd, yn ffendio fy ffordd yn ôl at y gens ar ddiwadd pob noson.

Wrth gamu allan o'r bar coctel yn un fflyd ar ddechra'r noson, rhoddwyd ffleiar bob un i ni gan ferch oedd yn sefyll ar gornal y stryd. 'It's two for one tonight, girls!' Mi gafodd y ffleiar fflich gan bawb ond fi, ac mi anghofis i amdano nes daeth fy nhro i i dalu am rownd i bawb yn y clwb nos diflas 'na yn y Northern Quarter. Wrth wagio fy ngolud bydol o fy mag bach du diwaelod ar draws y bar i chwilio am bres neu gardyn banc, mi ddisgynnodd fy minlliw, fy masgara, fy nhrwydded yrru a 'nghardyn banc, papur degpunt a chydig o geinioga, clip gwallt a'r ffleiar Two-for-One ohono, a dyna pryd y penderfynis i fynd am dro bach. Mi es i â'r diodydd yn ôl at y genod, a heb ddeud gair wrth neb, mi adawis i gaethle'r gorlan VIP yn slei bach.

Mi ddangosis i'r ffleiar i yrrwr y tacsi a gofyn iddo fy nanfon i yno, gan mai dyna'r unig le y gwyddwn amdano yn y ddinas fawr ddiarth hon. Mi gytunodd. Ymddiheurodd na allai o fynd â fi ddim pellach cyn egluro bod angan i mi gerddad ar hyd y gamlas ac i lawr y stryd i gyrraedd y clwb Two-for-One. Wrth faglu o'r tacsi, mi ges i fy nharo gan sbloets o liw a miri a baneri a bwrlwm a balchder a chyffro a chwerthin a rhyddid, ac roedd y stryd yn ymestyn fel y noson o 'mlaen i ac yn teimlo'n llawn posibiliada. Roedd sŵn y *bass* o'r clybia yn curo fel fy nghalon i ac roedd ogla diod a smôcs a phersawr yn llenwi fy ffroena a'r nos yn ogla fel y noson ora erioed.

Y person cynta welis i yn y clwb oedd y ferch roddodd y ffleiar i mi. Roedd hi'n gweithio yn y cwt cotia ac yn rhoi stamp i bawb gael mynd a dŵad fel y mynnon nhw. Gwenodd arna i'n gynnas fel petai'n fy nabod i, ac mi wenis inna'n ôl arni'n swil. Roedd hi'n un o'r genod 'na oedd mor dlws, mor boenus o dlws nes o'n i'n cael poen bol wrth sbio arni. Do'n i'm yn gallu deud ai isio bod fatha hi o'n i 'ta isio'i chusanu hi, 'ta be. Roedd ganddi wallt rhuddgoch, tonnog a llygaid mawr, brown cyfoethog wedi eu hamlinellu'n gelfydd â phensal ddu fatha llygaid cath. Roedd ganddi fodrwy yn ei thrwyn smwt, fatha modrwy tarw, ac mi oedd hi jest yn edrych yn cŵl, yn edrych fel o'n i isio edrych, fel o'n i isio bod, pan o'n i'n byw yng Nghaerdydd. Pan roddodd ei gwallt y tu ôl i'w chlust wrth hongian fy nghôt, fedrwn i'm tynnu fy llygaid oddi ar ei gwddw hir, hardd, a'r croen fel alabaster llyfn. Fydda i byth yn sylwi ar yddfa dynion yn yr un ffordd.

Mi welis i'r ferch eto yn y toileda, ac mi ddudis i 'helô' wrthi, a difaru'n syth gan feddwl ei bod hi'n meddwl 'mod i'n rhyfadd neu'n orgyfarwydd. Ond mi ddudodd hi 'hey!' yn glên yn ôl, ac mi wenodd arna i. Roedd y ddwy ohonon ni'n sefyll gyfysgwydd wrth y sinc, a'r ddwy ohonon ni'n sbio ar ein gilydd yn y drych. A dwn i'm be ddaeth drosta i, ond dyma fi'n troi ati, yn diosg fy swildod yn y fan a'r lle ac yn mentro deud, ond nid heb faglu, 'mod i'n meddwl ei bod hi'n *really, really pretty*. A dyma hi'n sbio arna i am eiliad yn y drych cyn troi ata i a gosod clamp o gusan ar fy ngwefusa. Roedd hi ar fin gadael ond mi afaelis i yn ei llaw hi a'i thynnu tuag ata i a dychwelyd y gusan. Doedd dim stop arnon ni wedyn. A fanno fuon ni am bron i hannar awr, yn mwynhau ein gilydd yn erbyn drws y ciwbicl, yn tynnu dillad a gwalltia, yn blasu ac yn cnoi gyddfa a gwefusa, yn rhy brysur o lawar i sylwi ar y cnocio blin ar ddrws yr unig doiled ar lawr isa'r clwb.

Ches i 'mo'i henw hi, gwaetha'r modd. Mi gawson ni ein hel allan o'r ciwbicl a'n gwahanu yn y diwadd am fod 'na rywun wedi cwyno, a dwi ond yn ei chofio hi fel Merch y Ffleiars Two-for-One, yn anffodus. A chyn i mi gael cyfla i ofyn iddi, roedd hi wedi diflannu fel rhith i'r dorf, yn ôl i'r cwt cotia am wn i cyn iddi gael y sac, ac mi fydda i'n meddwl weithia tybad ai creadigaeth fy nychymyg oedd hi. Ond er na ches i 'mo'i henw, mi adawis i'r clwb gydag atgof melys a mynd i 'ngwely yn teimlo 'mod i'n nabod fy hun yn well nag o'n i ar ddechra'r noson. Agorodd y ferch ddrws i stafall ddirgel yn fy mhen nad o'n i wedi mentro iddi o'r blaen, a'i agor led y pen, y noson honno. Er 'mod i'n caru Owain, mae'r drws hwnnw'n dal yn gilagorad gen i hyd heddiw. Achos ar yr adega hynny pan fydd y secs yn ddiflas, mi fydda i'n cau fy llygaid, yn llithro yn ôl i'r stafall a agorwyd ganddi ac yn meddwl amdani bob tro.

* * *

'Remember when' is the lowest form of conversation.
Tony Soprano

Tamaid i aros pryd oedd Ifan Sglyfath, ac wrth sbio'n ôl, mae'n amlwg mai dyna oedd hyd a lled y 'garwriaeth' rhyngddon ni. Doedd gynnon ni ddim byd – a dwi'n golygu dim – yn gyffredin, heblaw am y ffaith ein bod ni'n byw yn yr un dre ac yn nabod yr un bobol ac yn mynd allan i'r un dafarn, ac roedd y rhan fwya o'n sgyrsia sobor a meddwol ni'n dechra efo'r geiria 'Ti'n cofio …?'. Doeddan ni ddim yn medru sbio ymlaen o gwbwl a doedd ein sgyrsia ni byth yn treiddio'n ddyfnach na rhannu atgofion o ddyddia'r ysgol ers talwm a thrafod helyntion y bobol welson ni allan yn dre y noson gynt.

Do'n i ddim wedi gweld Ifan ers blynyddoedd, ers iddo adael yr ysgol, siŵr o fod. Ryw bedair blynadd yn hŷn na fi ydi o, felly mi o'n i'n ei gofio fo, ond doedd o ddim yn fy nghofio i. Do'n i ddim ar ei radar o bryd hynny, yn amlwg, ond roedd o'n dipyn o gi drain yn yr ysgol: colar-i-fyny, jel-yn-ei-ffrinj a sgwydda lletach na'r hogia eraill yn ei osgordd. A dyma fi'n ei weld o am y tro cynta ers blynyddoedd allan rownd dre ddechra un mis Rhagfyr. Allan efo criw gwaith oedd o, a finna allan 'am ei bod hi'n Ddolig'. Mi ddechreuon ni siarad wrth y bar, dros y gerddoriaeth yn unig glwb nos y dre. Dwi'n defnyddio'r gair 'clwb nos' yn llac iawn yma – stafall uwchben Tenovus ar y stryd fawr oedd o, a'r lle sicra i brofi pechoda nos Sadwrn, boed yn ffeit neu'n ffwcsan, rhwng hannar nos a dau y bora. Ar ddiwadd y noson, jest cyn i reolwr y bar droi'r goleuada ymlaen i'n hagru a chyn i'r siop gibabs gau ei drysa, mi adawon ni efo'n gilydd, nôl tships a mynd i hwyl yr ŵyl yn ôl yn ei fflat. Dyna ddechra rhyw arfar o fachu ar ôl cael gormod o ddiod neu, yn hytrach, rhyw arfar o ddefnyddio'n gilydd, a deud y gwir. Wnaethon ni ddim diffinio na rhoi label ar y bachiada 'ma. Doedd dim angan gwneud hynny achos dim ond isio chydig o sylw o'n i. Roedd fy ffrindia'n poeni'n ddiangan amdana i ac wedi fy rhybuddio mai dim ond un o'i genod nos Sadwrn o o'n i, ond roedd hynny'n fy siwtio fi i'r dim.

Yn y flwyddyn sgwennu-i-fyny o'n i (mi ges i flwyddyn o estyniad felly nid hon oedd y flwyddyn-sgwennu-i-fyny yn y diwadd), ac ro'n i'n dechra panicio wrth weld dyddiad cyflwyno'r PhD yn agosáu (y dyddiad cyflwyno gwreiddiol, nid y dyddiad cyflwyno go iawn), ac yn dechra poeni o ddifri am y dyfodol. Felly roedd fy mhen ar chwâl, ac roedd cyboli efo Ifan Sglyfath yn tynnu fy meddwl oddi ar fy helbul mewnol.

Oedd, roedd Ifan yn foi golygus, ond do'n i'm ar dân isio mynd efo fo na'm byd, achos doedd o ddim fy nheip i. Nid bod gen i deip penodol chwaith, ar y pryd. Rocdd Ifan yn chwara rygbi ac yn gonfensiynol o ddel, boring o ddel, a deud y gwir. A dwi'n cofio meddwl y basa wedi bod yn neis cael bardd dwys a chymhlath yn anfon cerddi angerddol i mi dros WhatsApp yn lle tecst 'ti allan heno?' gan Ifan bob penwythnos. Ond dyna ni, wnes i ddim llwyddo i hudo unrhyw fardd a ches i'm cywydd serch nag englyn coch gan uffar o neb. Ond roedd Ifan yn gwneud y tro ar y pryd. Ro'n i'n licio'r syniad o foi fatha Ifan – 'un o'r hogia, un o'r *lads*', y math o foi fasa wedi fy ngalw i'n hyll yn yr ysgol ers talwm – yn fy ffansïo fi yn fwy nag o'n i'n ei ffansïo fo.

Y noson yr es i'n ôl i fflat Ifan am y tro cynta, dwi'n cofio baglu heibio toileda'r dafarn a'i glywad o'n deud wrth ryw foi ei fod o'n chwilio am 'slag' y noson honno: 'Ffwc otsh pwy rîli achos twll 'di twll yn twllwch yndê, mêt.' Doedd Ifan yn sicr ddim yn fardd. Ond gan mai twll mewn twllwch o'n i, roedd gen i jans o gael sylw ganddo y noson honno, yn enwedig ar ôl peint neu ddau neu ffrwyniad o gocên. A dyna ddigwyddodd, er gwaetha'i sylwada amrwd o. Y noson honno mi adawis i fy hunan-barch a'm hegwyddorion ffeministaidd yn bentwr blêr ar ben fy nillad isa wrth waelod gwely Ifan. Doedd y gyfathrach ddim yn wefreiddiol, nagoedd. Doedd hi byth. Roedd yr helfa o gwmpas tafarndai'r dre wastad yn fwy cyffrous na'r weithred ei hun. Ond pan fyddwn i'n deffro yn ei wely o y bora wedyn, yn sglaffio pitsa oer y noson gynt wrth swatio dan y cynfasa, dan ei gesail o, ro'n i'n teimlo'n fyrbwyll, yn ddiofal, yn wyllt ac yn ifanc. Ro'n i'n teimlo mai rhyw brofiada bach gwirion a mympwyol fel hyn ro'n i i fod i'w cael yn fy ugeinia, a bod rhaid cael hyn i gyd allan o'r system cyn y deg ar hugain a chyn i mi gwblhau'r PhD.

Yn union fel y disgwyl, ac yn syndod i neb, mi gadwodd Ifan yn driw i'w enw drwg ac un noson, â'r powdwr gwyn yn miniogi'r chwant, mi aeth o efo hogan ifanc, dlos o'r enw Mirain. Therapydd harddwch oedd Mirain a hi fyddai'n iro cwyr o gwmpas fy aelia a'm mwstásh ar un adag, cyn iddi symud ymlaen i betha gwell, mwy cyffrous, na chael gwarad ar flewiach merchaid Llŷn. Roedd hi'n edrych y part bob amsar. Wastad yn glamyrys ac yn drwsiadus yn ei dillad gwaith, yn hysbyseb da iawn i'r salon, a deud y gwir. Roedd ganddi amranna du Russian Hybrids mor drwchus â'r brwsh hel lludw oedd gan Nain wrth ymyl y lle tân ers talwm, a gwallt hir, hir, cyn ddued â'r frân, wedi'i sythu a'i dynnu'n ôl yn dynn, dynn mewn poni-têl taclus, yn sgleinio bob amsar, dim blewyn o'i le. Doedd y parting byth yn gam ganddi – wastad yn y canol – ac roedd ganddi liw haul neis bob amsar, hyd yn oed yn y gaeaf. Mi oedd hi'n edrych yn union fatha model ac yn rhy ddel ac yn rhy ifanc o lawar, yn fy marn i, i fod yn potsian efo wêstar yn ei dridega cynnar fatha Ifan Sglyfath.

'Myfs, dwi rîli ddim yn siŵr sut i ddeud hyn 'tha chdi,' medda Ffion yn betrus, 'ond o'n i'n meddwl sa'n well fi ddeutha chdi cyn i rywun arall ddeutha chdi, 'de. Wel, ath Wil allan nithiwr, do, ac udodd o 'tha fi bora 'ma fod Ifan chdi 'di cal cic-awt o'r pyb neithiwr gan Bryn Pack It In am drio gwerthu côc yn y toilets. Wel, chwilio am dacsi oedd Wil pan welodd o Ifan yn ffingro Mirain o flaen Tenovus ...'

Ifan fi? Doedd o erioed yn Ifan fi. Wnes i ddim ypsetio na chrio na dim byd felly achos ro'n i'n gwbod o'r dechra'n deg na fasan ni'n para, a do'n i'm isio i beth bynnag oedd rhyngddon ni bara chwaith. Do'n i ddim yn ei garu o. Ond roedd o'n dal i frifo rhywfaint, serch hynny. Yr wythnos wedyn, ar ôl helynt Ifan a Mirain, mi osodis i beth bynnag oedd y 'berthynas' rhyngdda i a fo o dan chwyddwydr a dŵad i'r casgliad 'mod i'n ei ddefnyddio fo lawn cymaint ag yr oedd o'n fy nefnyddio i. Mi benderfynis i mai'r peth calla i'w wneud oedd dileu ei rif o a gadael i dreigl amsar lastwreiddio unrhyw ymdeimlad o letchwithdod rhyngddon ni a ninna'n bownd o weld ein gilydd eto mewn tre mor fach.

Dwi erioed wedi cyfadda hyn wrth neb, ond yr hyn wnaeth fy mrifo i fwya, dwi'n meddwl, oedd y ffaith ei fod o wedi mynd efo hogan dipyn iau na fi. Ro'n i yn fy mhreim, ym mloda fy nyddia *i fod*, yn saith ar hugain. Ond yn rhyfadd iawn, ro'n i'n teimlo'n hŷn yn fy ugeinia hwyr, yn debycach i hen ddeilan grin, nag ydw i rŵan yn fy nhridega cynnar. Dwi'n gwybod nad ydw i'n hen go iawn. Dwi'n gymharol ifanc o gofio bod rhai pobol yn byw i fod yn gant oed. A taswn i'n marw rŵan, yn dri deg un

– yn un ar ddeg ar hugain – mi fasa pobol yn deud petha fel 'bechod, ifanc de!'

Un ar ddeg ar hugain. Dyma lle mae'r Gymraeg yn rhagori ar y Saesneg, dwi'n teimlo, er gwaetha'r 'chi' ofnadwy 'na sydd gynnon ni. Mae'r system ugeiniol yn caniatáu i mi aros yn fy ugeinia am weddill fy oes. Os cyrhaedda i fy mhen-blwydd yn wyth deg, nid wyth deg fydda i, naci, ond pedwar ugain. Ond dwn i'm a fydd cyfri fy oed gan ddefnyddio'r system ugeiniol yn ddigon i atal unrhyw fid-leiff creisus yn nes ymlaen chwaith. Amsar a ddengys.

Yn saith ar hugain, roedd y pwysa 'na – hwnnw mae llawar iawn o ferchaid breintiedig fel fi yn dechra'i deimlo'n gwasgu o bob cyfeiriad ar gyrraedd eu hugeinia hwyr – yn dechra fy nrysu. Y pwysa gormesol, anweledig ond hollbresennol 'na i hastio drwy ein hieuenctid, i gwblhau ein haddysg yn brydlon er mwyn cael swydd dda yn reit sydyn er mwyn cael blaendal ar gyfar morgais er mwyn sgrialu i fyny'r ysgol eiddo ar frys gwyllt er mwyn cael treulio'r penwythnosa'n chwilio am fleinds neu soffa … y pwysa i wneud bob dim ac i weld bob dim ac i deithio'r byd efo'n ffrindia, neu i fynd ar bererindod i Awstralia ac i aros mewn hostels efo dieithriaid hardd o bob cwr o'r byd cyn ein bod yn teimlo'n rhy hen a hyll a musgrell i wisgo bicini ar y traeth, cyn i ni gael ein difrodi gan *diastesis recti* a hysterectomis a chyn i'r perimenopos ddechra ein hanrheithio'n ddi-droi'n-ôl … a'r pwysa llechwraidd 'na i ffendio rhywun, dyweddïo a phriodi cyn i'r groth sychu a chyn i'r wya droi'n llwch. Roedd y pwysa 'ma'n dechra chwalu 'mhen i braidd, ac yn saith ar hugain mi ddechreuis i boeni'n fwy niwrotig nag erioed am dreigl amsar. Ro'n i'n teimlo'n beryglus o agos at y deg ar hugain a'r garrag filltir ofnadwy honno'n ddim ond tair blynadd i ffwrdd, a finna'n dal mewn addysg, yn ddi-waith, yn ddigymar ac yn byw adra efo fy rhieni.

Eiliada wedi i mi ddileu rhif Ifan oddi ar y ffôn, dyma fi'n cael negeseuon gan ddwy ffrind yn deud eu bod nhw wedi dyweddïo ac mi fuodd pawb yn y grŵp-chat yn rwdlan am oria wedyn am floda, *seating plans*, gwahoddiada, ffrogia morynion a threfniada'r partïon plu. Mi wnes i longyfarch y ddwy yn ddiffuant, wrth gwrs, ro'n i'n hapus eu bod nhw'n hapus, ond fel arall doedd gen i ddim llawar i'w ychwanegu at y drafodaeth. Dwi'n cofio meddwl 'Hmm, be wna i tybad: tawelu'r sgwrs am wyth awr 'ta wythnos 'ta am byth?' Mi benderfynis i ddiffodd yr hysbysiada am wyth awr achos do'n i ddim digon chwerw ac annifyr i ddewis yr opsiwn ola. Ond y gwir amdani oedd 'mod i'n dredio'r priodasa 'ma.

Fel hen ferch yn ei hugeinia hwyr oedd, ar ben hynny, yn rhoi rhyw feibs Arianrhod i bobol am ryw reswm, hyd yn oed i ffrindia bora oes fel Ffion, ro'n i'n rhag-weld y byddwn yn cael fy rhoi ar fyrdda efo gwesteion eraill trasig 'run fath â fi; efo'r bobol sengl eraill heb *plus ones*, y gwrthodedigion hynny sy'n cael eu corlannu ar fwrdd unig ym mhen pella'r neuadd ym mhob priodas, yn bell i ffwrdd oddi wrth y cwpwl priod fatha tasa bod yn sengl yn ryw haint Beiblaidd ofnadwy fel y gwahanglwyf. Ac yn y priodasa 'ma, fel gwestai benywaidd sengl yn ei hugeinia hwyr, ro'n i'n bownd o gael y sylwada rhybuddiol a thu hwnt o syrffedus eto fyth: 'ooo, mi fyddi di'n siŵr o ffendio Rhywun', 'mae'n hen bryd i chdi orffan y PhD 'na rŵan dydi i chdi gael Setlo', a'r anfarwol, iasol 'ti'm isio'i gadael hi'n Rhy Hwyr'.

Tra oedd Ifan wedi dechra potsian efo hogan a oedd bron i

ddegawd yn iau na fo, roedd staff ifanc un o gaffis y dre wedi dechra fy chwychwïo. A dyna chi glec i'r ego. O'n i o ddifri yn edrych fel 'chi' yn barod, yn saith ar hugain? Do'n i'm isio cywiro'r hogan ifanc wrth y til drwy ddeud rwbath fel 'Chi? Galwa fi'n chdi!' achos mi fasa hynny wedi bod yn weithred drasig, ddiurddas ynddi'i hun. Y math o beth y bydd pobol ganol oed yn ei ddeud wrth bobol ifanc mewn ymgais ofer i'w darbwyllo eu bod nhw'n dal yn cŵl ac yn ifanc ond, mewn gwirionadd, yn gwneud iddyn nhw swnio'n uffernol o desbret a hen. Felly mi lyncis i'r 'chi' yn ddewr ac yn dalog, a mynd i gornal bella'r caffi i ista wrth y ffenast efo fy llyfr a fy *flat white*, a 'mhen yn fy mhlu.

Mi fyddwn i'n licio ista yn y gornal honno fel arfar jest yn darllan neu'n sgwennu neu'n syllu ar y byd yn mynd heibio, ac ro'n i wedi penderfynu y diwrnod hwnnw y baswn i'n darllan *Lloffion* gan T. H. Parry-Williams i drio teimlo'n ddeallus. Ond fedrwn i ddim canolbwyntio ar y llyfr. Fedrwn i ddim gweld y tu hwnt i'm hadlewyrchiad. Bob tro y codwn fy mhen o'r tudalenna, yr unig beth a welwn oedd fy ngwynab 'chi-yn-barod-yn-saith-ar-hugain' yn sbio'n ôl arna i. Ro'n i'n teimlo fel petawn i wedi heneiddio'n sylweddol yn y munuda dwytha, fel petai'r 'chi' 'na wedi cyflymu'r broses a doedd dim troi'n ôl rŵan. Mi ddechreuis i fodio fy ngwynab gan grychu 'nhalcen a sgrwnsio fy nhrwyn a chodi fy aelia i fyny ac i lawr cyn claddu 'mhen yn fy ffôn i chwilio am atab i'r cwestiwn *what is the best age to start botox?* a phob un yn sgrechian 'Rŵan hyn!' arna i drwy'r sgrin. Mi gollis i fynadd yn y diwadd ar ôl gweld y prisia felly dyma fi'n cadw'r ffôn ac yn troi at yr ysgrif 'Arcus Senilis', lle mae T. H. yn myfyrio am 'y difrod a wna oed ar y llygad'. A dyma fi'n dechra meddwl: neith Botox ddim byd i ohirio'r 'dyfod hwn', na neith? Mi fydd gwyn fy llygaid y troi'n felyn ryw ddiwrnod ac yn bradychu fy oed beth bynnag, dim otsh pa mor llyfn fydd fy nhalcen i.

Na, do'n i erioed yn dlws fatha Mirain. Ond mi neith hi, fatha llawar o ferchaid tlws, dwi'n siŵr, ffendio wrth ffarwelio â'i hugeinia ei bod hi 'mond yn ddel i ddynion fatha Ifan am gyfnod byr a phenodol iawn. Neu dyna'r chwilan fydd y gymdeithas batriarchaidd yn ei phlannu yn ei phen – bod ei gwerth yn derfynedig ac yn amodol ar ei pharodrwydd i wneud pob dim o fewn ei gallu i wrthsefyll treigl amsar, i rewi ei hwynab efo Botox, i losgi ei chroen efo retinol, i gadw'n dena drwy fyw ar *kale* ac awyr iach, ac i beidio magu bloneg rownd ei chanol. Mi fydd y cyfrynga yn gwneud iddi deimlo mai ei hieuenctid hi oedd ei harddwch hi, a bod ei hapêl yn pylu gyda phob troad o gwmpas yr haul. Ac un diwrnod, mi fydd hi'n deffro, yn sbio yn y drych ac yn teimlo fel llefrith wedi suro cyn ei amsar, achos dyna sut mae merchaid yn heneiddio meddan nhw, yndê, a bod dynion yn heneiddio fel hen win, yr hen gnafon. Mi fydd ei gwallt yn teneuo a'i bol hi'n twchu. Mi geith hi flew du yn tyfu'n styfnig dan ei gên ac mi fydd hi'n cadw plyciwr yn y glyf-bocs er mwyn eu chwynnu yn nrych creulon y car. Mi ffendith hi ei hun yn cael pylia gwarthus o hiraeth am sylw'r hen ddynion budur hynny oedd yn arfer chwibanu arni wrth fynd heibio yn eu fania gwyn gan ei bod hi'n anweledig rŵan, hyd yn oed i'w gŵr. Ac mi fydd hi'n galaru am ei hunan ifanc gynt, y ferch gyfareddol a arferai ei llancio hi i mewn i dafarndai'r dre a gwneud i wŷr priod canol oed wylo'n hiraethus i'w cwrw am eu hieuenctid coll.

Ond er bod Mirain yn fengach, yn ddelach ac yn dalach na fi, aeth petha'n ffliwt yn sydyn iawn rhyngddi hi ac Ifan. Mi symudodd hi i Lerpwl am sbel cyn cael swydd fel *masseuse* a therapydd harddwch ar long foethus, ac mae hi'n dal i weithio ar y llonga hyd heddiw, am wn i, yn tylino cefna pensiynwyr cyfoethog, ac yn gweld llawar mwy o'r byd 'ma nag a wela i ac Ifan byth. Tra oedd hi'n brif gymeriad yn rhagymadrodd ei hieuenctid, roedd Ifan a finna'n sownd mewn rhigol, yn gymeriada eilaidd, anniddorol mewn cors o nofel ddigyfeiriad nad âi i nunlla.

Y nos Wenar wyllt, loddestol 'na oedd hi, os cofia i'n iawn – y nos Wenar ola cyn y Dolig pan fydd pawb yn mynd o'u coea. A chan fod cymaint o bobol allan y noson honno, a rhai hyd yn oed wedi dŵad yr holl ffordd o Port a Phenrhyn a Blaena i gael dathlu'r Satwrnalia yn Wetherspoons dre, roedd tacsis yn brin. Doedd gen i'm dewis felly ond cerddad adra heb gôt. Felly dyma fi'n dechra brasgamu i lawr y stryd i drio cadw'n gynnas a phwy welis i yn loetran ar ei ben ei hun yn sglaffio'i jips fel gwylan fôr y tu allan i'r siop gibabs ond *fo*. Ifan Sglyfath. Doedd gen i'm bwriad o fynd efo fo o gwbwl y noson honno, ond mae'n hawdd iawn cynna tân ar hen aelwyd pan nad oes gen ti gôt na thacsi na lifft adra na batri yn dy ffôn. Ond erbyn y bora, a'r adar yn twt-twtian a'r haul yn gwgu arnon ni drwy'r hollt yn y llenni, doedd 'na'm tân ar yr aelwyd, dim gwreichionyn rhyngddon ni. Dim byd ond lludw'r noson gynt ar hyd y fatras, ogla sur a chydig o letchwithdod.

* * *

FFUGENW: ARIANRHOD

Y Dynged

'Cama di dros hon,' meddai ef, 'ac os wyt ti'n forwyn fe fyddaf yn gwybod.'

Camodd hithau dros yr hudlath a phiso drosti. Ac yn ei dwylo crynedig, dwy linell las ddigamsyniol fel croes ar fedd yn selio ei thynged fel mam anfamol, anniolchgar, ddrwg. Roedd hi wedi gwaedu rhywfaint, ond roedd y gwaed yn wahanol y mis hwn. Roedd stribedyn bach browngoch yn staen ar y cotwm gwyn, fel ôl briw wedi ceulo ar blastar. Nid oedd unrhyw arwydd o ryddhad y gwaed coch arferol. Syllodd yn fud ac yn ddiddagrau ar yr hudlath. Nid fel hyn oedd hyn i fod, ac nid am nad oedd hi'n barod. Roedd arni hi eisiau bod yn fam rhyw ddiwrnod mewn rhyw ddyfodol amhenodol, nad oedd yn rhy bell nac yn rhy agos. Ond nid fel hyn, ac nid efo hwn.

Yn ddirybudd, agorodd y drws. Safodd uwch ei phen a thaflu ei gysgod drosti fel cwmwl storm. Roedd ganddo fo'r hawl i wybod, medda fo.

'Rhyw ddiwrnod, mewn rhyw ddyfodol amhenodol, nad oedd yn rhy bell nac yn rhy agos.' Mae pwy bynnag ydi Arianrhod wedi cyfleu sut o'n i'n teimlo ers talwm i'r dim. Am hynny, ac am roi llais i Arianrhod ac am bortreadu Gwydion yn union fel mae o'n ei haeddu, yr hen fasdad annifyr iddo fo, mi geith le yn y dosbarth cynta.

Rywbryd yn ystod y mis Rhagfyr hwnnw y bûm i'n cyboli ag

Ifan, a finna dros y siop i gyd, mi wnes i smonach llwyr o'r bilsen. Newydd newid o'r Gedarel i'r Dianette o'n i achos bod gen i blorod hegar ar hyd fy ngên a 'nhalcen yn dilyn cyfnod eitha heriol efo'r PhD. Ac yn wahanol i'r Gedarel, fiw i rywun fod yn chwit-chwat efo'r Dianette. Roedd angan bod yn fwy llym efo'r bilsen newydd a'i chymryd ar yr un adag o'r dydd, bob dydd, a ... wel, wnes i ddim, naddo. Ac oherwydd fy mlerwch, dyma fi'n dechra teimlo'n sâl allan o nunlla. Ro'n i'n feichiog a do'n i ddim yn hapus am y peth. Dechreuodd y salwch boreol a oedd yn para drwy'r dydd o fewn wythnos i mi weld y ddwy linell las ar y prawf. Sut ddiawl o'n i am orffan sgwennu 'nhraethawd, yn teimlo fel hyn? Ro'n i yn fy mlwyddyn sgwennu-i-fyny, yn uffernol o sâl, yn hollol sgint, yn dal i fyw adra efo fy rhieni, ac ar ben hynny, Ifan Sglyfath fasa tad y babi. Doedd hyn ddim yn ddelfrydol o gwbwl ac roedd erthyliad jest yn gwneud synnwyr, felly mi ffonis i'r clinig yn ddi-oed. Mi ges i sgwrs gyfeillgar a di-lol efo'r fydwraig, atab chydig o gwestiyna meddygol, a chael dyddiad ac amsar. A dyna fo – dyna ddiwadd ar y matar.

Roedd yn rhaid i mi aros pythefnos ac roedd hynny'n teimlo braidd yn hir ar y pryd, ond ro'n i wedi penderfynu ac roedd y penderfyniad yn un diysgog gen i; yn un call, synhwyrol, solat. Ond er gwaetha fy ymdrechion i drio anwybyddu'r symptoma ac i ymwahanu oddi wrth yr hyn oedd yn digwydd y tu mewn i mi, mi ddechreuis i hel meddylia, yr hen feddylia peryglus ganol nos 'na, a'r meddylia hynny'n rhicio ac yn rhicio yn erbyn fy mhenderfyniad nes bod y penderfyniad hwnnw yn llawn cracia. Ar yr unfed awr ar ddeg, ar ddiwrnod yr apwyntiad, dyma fi'n gwneud rwbath hollol, hollol wallgo, a dwi'n dal hyd heddiw ddim yn siŵr pam.

Roedd '... ond be fasa chdi'n neud tasa chdi *yn* ...' yn sgwrs yr o'n i wedi'i chael droeon efo sawl ffrind yn y brifysgol wrth gerddad adra o Boots ar hyd Heol y Frenhines. Gorfodwyd pob un ohonon ni yn ein tro i ddojo darlith neu seminar i gyrchu'r *morning after pill* ar ôl ffendio rhwyg mewn condom y noson gynt. Roedd fy atab i'r cwestiwn hwn wedi bod yn ddigyfnewid. Ond canlyniad pythefnos o orfeddwl oedd bod 'na hedyn bach, bach iawn – yr hedyn lleia yn y byd – o amheuaeth wedi'i blannu yn fy mhen lle nad oedd unrhyw amheuaeth gynt. Oherwydd hynny, am wn i, ac yn groes i bob gewyn yn fy nghorff ond un, mi benderfynis i ffonio'r clinig a chanslo'r erthyliad.

Wrth reswm, ro'n i'n teimlo bod rhaid i mi sôn wrth Ifan, ac mi ges i fy siomi ar yr ochor ora ganddo yn y cyfnod hwnnw, chwara teg. Roedd o'n ofalus iawn ohona i yn ei ffordd Ifan-aidd ei hun, ac i bobol nad oedd yn ein nabod ni mi fasan ni'n siŵr o ymddangos fatha cwpwl eitha normal, er nad oeddan ni. Roedd ein perthynas yn debycach i ryw briodas-amsar-chwara ar yr iard yn 'rysgol gynradd ers talwm. Dwi'n ei gofio fo'n deud wrtha i, ar ôl i mi rannu'r newyddion efo fo, ei fod o'n barod i 'setlo' efo fi. A 'setlo' a wnaed – y ddau ohonon ni – am chydig wythnosa.

* * *

Seithug fuasai'r holl ddisgwyl, ofer pob paratoad y tro hwn, i bob golwg. [...]

Tymp annhymig.

I'r drôr â'r dalennau, ac i'r gwely ag yntau – yn siomedig ond yn rhydd(?)

'Rhyddhad', T. H. Parry-Williams

Wnaeth y beichiogrwydd ddim para. Ro'n i wedi bod yn uffernol o sâl am wythnosa. Ro'n i wedi bod yn gwagio fy mherfeddion bob dydd. Ro'n i'n cyfogi wrth fwyta, wrth beidio â bwyta, wrth agor drws y ffrij, wrth frwsio 'nannadd, wrth sefyll, wrth siarad, wrth wneud gormod, wrth wneud dim, wrth fodoli, yn cyfogi byth a hefyd fatha bod fy nghorff yn trio cael gwarad ar wenwyn ond yn methu. Ro'n i'n gwywo o ddydd i ddydd nes nad oedd gen i syniad pwy oedd y ferch ofnadwy oedd yn sbio drwydda i fel drychiolaeth yn y drych. Teimlwn yn sâl car, yn sâl môr, a fatha bod fy mhen i dan niwl mawr drwy'r dydd a'r nos. Doedd 'na ddim rhyddhad o gwbwl. Dim. Ond dwi'n cofio deffro un bora a ffendio bod y niwl 'di codi, y môr 'di llonyddu a'r car 'di stopio'n stond, ond wnes i'm meddwl llawar am y peth ar y pryd, nes y dechreuodd y poena ganol nos. Mi gymris i barasetamol i ddechra a cheisio anwybyddu'r gwayw. Roedd gen i ormod o gywilydd mynd i'r ysbyty rhag ofn y basan nhw'n meddwl 'mod i'n ddramatig neu'n gwneud ffŷs am ddim byd, a doedd gen i'm syniad pwy o'n i i fod i'w ffonio gan nad o'n i hyd yn oed wedi gweld bydwraig eto. Ond gwaethygu wnaeth y poena erbyn y bora ac felly mi ffonis i'r feddygfa peth cynta.

'Fedri di fynd i Fangor heddiw?' gofynnodd y doctor ar y ffôn.

'Ymm, medraf ... dwi'n meddwl. Pam?' Ond ches i'm atab ganddi. Yr unig beth glywis i yr ochor arall i'r lein oedd sŵn papura'n siffrwd a theipio brysiog ar y bysellfwrdd. 'Wedi ffendio'r rhif. Mi alwa i'r uned uwchsain rŵan, ocê?'

Ddudodd y sonograffydd ddim byd wrtha i pan gerddis i mewn i'w stafall, dim ond gofyn yn gwbwl ddifynegiant: 'Ti'n meindio gorwadd ar y gwely i mi, plis?' Mi neidis i ar y gwely a thynnu fy legins i lawr at dop fy nghedor. Taenodd jeli oer ar fy mol a dechra ymsona'n glinigol yn dawal wrthi'i hun wrth syllu ar y sgrin. Ar ôl gwneud sawl cylch o gwmpas fy mol efo'r Doppler, i fyny ac i lawr, i'r dde ac i'r chwith, yn ôl o'r chwith i'r dde, i lawr ac i fyny eto, dyma hi'n troi'r sgrin i ffwrdd o 'ngolwg i. Trodd yr eiliada yn funuda ac roedd y munuda hynny'n teimlo fel oria. Erbyn hyn roedd sŵn y gwacter yn atseinio'n fyddarol a sŵn dybryd y dim byd yn llenwi'r stafall, yn llenwi 'mhen i fatha twrw hen deledu 'di torri. Yn ddisymwth, cododd y sonograffydd ei phen o'r sgrin a rhoi llond llaw o bapur glas garw i mi sychu'r jeli oddi ar fy mol. Doedd dim rhaid iddi ddeud dim. Ro'n i'n gallu deud ar ei gwynab hi bod 'na rwbath o'i le, er gwaetha'i hymdrechion i guddio'i phryderon. Mi fedrwn i weld rhyw gysgod fatha diwadd y byd yn ei llygaid hi a'i thalcen yn crychu wrth iddi graffu ar y sgrin unwaith eto.

'Fydda i'n ôl mewn dau funud ocê, cyw,' medda hi o'r diwadd. 'Jest angan rhywun arall i jecio.' Ac mi ddiflannodd fel corwynt drwy'r drws.

'Cyw.' Roedd ei hanwyldeb yn fy anesmwytho.

Mi ges i wybod gan y doctor cyn gadael yr ysbyty mai fi oedd 'y pumed' y diwrnod hwnnw, fel petai cyffredinedd y peth yn gysur. Ond doedd poen y bedair arall o 'mlaen i ddim yn gysur i mi.

'Ti'n ocê, Myfs?'

Ro'n i'n arfar meddwl ar un adag (yn ddwy ar bymtheg, a bod yn benodol, pan o'n i'n gwybod y cwbwl lot) fod 'hiraeth' wedi mynd yn hen air plastig braidd. Y math o air y mae Americanwyr sy'n dŵad yma i Eryri ar eu gwylia yn gwirioni efo fo. Rhyw niwl Celtaidd o air sy'n gwerthu'n dda mewn siopa swfenîrs, yn ddim mwy nag arddurn rhad sy'n edrych yn neis ar lechan ar y silff ben tân, neu ar glustog o frethyn Cymreig. Roedd y gair bryd hynny wedi dechra troi arna i. Ella 'mod i'n meddwl 'mod i'n cŵl yn troi 'nghefn ar y gair, fatha rhyw wrthryfel adolesent dibwrpas yn erbyn y Gymraeg neu rwbath. Achos bryd hynny mi o'n i'n barod iawn i wfftio'r honiad bod 'hiraeth' yn air anghyfieithadwy, unigryw i'r Gymraeg fel petai'r Gymraeg yn rhagori ar y Saesneg yn hynny o beth. Fel petai 'longing' ddim yn golygu'r un peth i Saeson ag y mae 'hiraeth' yn ei olygu i ni. Mi faswn i'n barod i ddadla mai 'longing' ydi 'hiraeth' a 'hiraeth' ydi 'longing' – yr un teimlad yn y bôn – a'n bod ni fel Cymry Cymraeg jest yn profi'r teimlad yn ail law drwy'r Saesneg, fatha cusan drwy hancas, fel dudodd R. S. Thomas ryw dro am gyfieithu barddoniaeth. Ond dwi'n gwybod, erbyn heddiw, fod 'na fath o hiraeth sy'n amhosib ei gyfieithu i unrhyw iaith i'r sawl sydd heb deimlo'r hiraeth hwnnw eu hunain.

Mae 'na wahanol fatha o hiraeth. Hen, hen hiraeth. Hiraeth oesol, hiraeth am bobol, hiraeth am lefydd penodol ac amhenodol. Mae 'na hiraeth mewn ogla, mewn blodyn, mewn cân. Mae 'na hiraeth sy'n ochenaid ysgafn fatha hiraeth am bob haf a hiraeth sydd i'w deimlo yng ngwayw gwynt Chwefror ond sy'n mynd fel mae o'n dŵad fel eirlysia gyda throad y rhod. Mae 'na hiraeth sy'n diflannu'n llwyr wrth i lanw amsar ei olchi ymaith fel sgrifen mewn tywod, fel hiraeth am hen gariad amsar maith, maith yn ôl. Ond mae 'na hiraeth sy'n aros fel craith. Hiraeth sy'n artaith, sy'n gyllall finiog drwy'r galon, yn cipio gwynt, yn ddwrn i'r stumog. Yr hiraeth hwnnw sy'n gyfaill ffyddlon i alar.

Do'n i erioed wedi teimlo'r hiraeth anghyfieithadwy 'ma o'r blaen tan y diwrnod hwnnw. Dwi jest yn cofio 'mhen i'n troi fatha drysa carwsél yr ysbyty wrth fynd heibio i'r stafall aros a gweld yr holl ferchaid beichiog â'u bolia crwn yn gafael yn dynn yn eu llyfryn Cofnod Mamolaeth, yn gafael yn dynn yn eu gobeithion a'u breuddwydion, a finna'n gadael heb ddim ond bagiad o dabledi ar gyfar y 48 awr nesa a phoen yn fy mol. Ro'n i'n teimlo fel taflu i fyny ac yn gwneud fy ngora glas i beidio achos mi fasa hynny'n golygu y basa'n rhaid i mi fynd yn ôl i'r clinig a cherddad heibio'r merchaid hyn eto.

'Myfs ... ti'n ocê?'

Roedd 'na chwartar awr wedi mynd heibio ers iddo ofyn y cwestiwn i mi y tro cynta a dyma fo'n mentro gofyn yr eildro, i dorri ar y distawrwydd yn fwy na dim, dwi'n meddwl. Doedd gynnon ni ddim byd i'w ddeud wrth ein gilydd. Roeddan ni wedi cyrraedd Caernarfon erbyn hyn ac roedd yr haul yn flin ac yn isal ac yn rhoi cur pen i mi. A dyna pryd ges i 'nharo am y tro cynta gan yr hiraeth creulon hwnnw na fedrwn 'mo'i ddiffinio na'i fynegi'n iawn ar y pryd. Roedd yr hiraeth yn teimlo'n amhosib ei ddisgrifio heb sôn am ei gyfieithu i'r sawl nad oedd wedi'i brofi, fatha cusan drwy wal frics, felly dyma fi'n deud wrth Ifan yn ddifynegiant,

'Yndw, dwi'n ocê, 'sdi,' dim ond i roi taw ar ei gwestiyna. Mi o'n i jest isio llonydd.

'Ti'n meindio os dwi'n stopio yn McDonald's?'

Wnes i'm atab. Roedd ei lais o'n swnio'n bell fatha bod fy nghlustia i'n llawn dŵr.

Wrth sbio'n ôl, rhyw dir neb o deimlad rhwng hiraeth a galar oedd y cur 'ma o'n i'n ei deimlo. A doedd gen i 'mo'r geiria ar y pryd i drio gwneud synnwyr o'r ffordd ro'n i'n teimlo achos ches i 'mo'i weld o, na'i glywad o, na'i dwtsiad o. I'r doctor yn yr ysbyty y diwrnod hwnnw, doedd ei fodolaeth o'n ddim mwy na murmur yn fy nghroth. Ac ro'n i'n rhag-weld y basa pobol da-eu-bwriad a difeddwl-drwg yn deud rhyw betha fel 'doedd o ddim i fod, Myfs' a 'mi gei di drio eto, 'sdi, ti'n ddigon ifanc' tasan nhw'n gwybod bod hyn wedi digwydd i mi. Felly wnes i ddim traffarth sôn wrth neb.

Roedd Ifan yn disgwyl i mi grio, dwi'n meddwl, achos dyna fasa person normal yn ei wneud, ma' siŵr, dan y fath amgylchiada. Ond er bod y dagra'n pigo tu ôl i fy llygaid a phob gewyn yn fy nghorff yn gwegian dan yr angan i grio, do'n i jest ddim yn medru crio ar y pryd. Do'n i jest ddim yn medru gadael i mi fy hun fynd o gwbwl. Ma' siŵr 'mod i'n swnio fel person mor oeraidd, mor galad, mor anfamol, mor ddrwg yn deud hyn, ond y gwir amdani ydi nad o'n i'n teimlo 'mod i'n haeddu crio ar y pryd. Ro'n i'n teimlo'n euog am wneud dim byd, am fy nifaterwch, y noson y dechreuodd y poena. Yn euog am gwyno cymaint am deimlo'n sâl. Yn euog am drefnu erthyliad yn y lle cynta, ac yn euog am ddifaru ei ganslo. Yn euog am nad o'n i'n teimlo'n hapus pan welis i'r ddwy linell las ar y prawf. Do'n i'm yn haeddu ei gario na'i grudo, ac felly do'n i'm yn teimlo bod gen i'r hawl i grio.

Fethis i grio yn angladd Nain Llanbedrog hefyd am yr un rheswm – am nad o'n i'n teimlo bod gen i'r hawl i wneud hynny. Wnes i'm twllu tŷ Nain yn ystod misoedd ola ei salwch. Ro'n i'n rhy brysur yn trio cwblhau'r PhD. Neu dyna fyddwn i'n ei ddeud wrth bawb oedd yn holi amdani. 'Wyddoch chi be, dwi 'di bod mor brysur, dwi ddim 'di cael cyfla i fynd i weld Nain.

Ond tro nesa fydda i'n mynd draw i'w gweld hi, mi fydda i'n siŵr o ddeud eich bod chi'n cofio ati.' Wnes i'm cadw at fy ngair o gwbwl. Wnes i'm deud wrth Nain bod 'na lwyth o bobol glên yn cofio ati, achos ro'n i'n ormod o gachgi i fynd draw i'w gweld hi yn ei gwaeledd. Ond do'n i jest ddim isio'i gweld hi'n gorwadd mewn gwely 'sbyty yn ei hystafall fyw, y stafall lle byddai Lleucu a finna'n sglaffio brechdana jam eirin wrth watsiad cartŵns ar ôl 'rysgol stalwm. Ystafall farw oedd y stafall hon bellach. Roedd yn wironeddol gas gen i ei gweld hi'n diodda, yn cysgu'n gegagorad heb ei dannadd na'i hunan-barch, yn edrych fel drychiolaeth yn ei choban, yn llorweddol ddydd a nos, yn disgwyl i Angau ei thywys hi o'r byd hwn.

Doedd tŷ Nain ddim yn ogla fatha tŷ Nain yn ei misoedd ola. Fedrwn i ddim diodda camu i mewn i'w chartra a chael fy nharo gan ogla Febreze a Domestos a'r comôd, ogla stêl, ogla sur y corff yn dirywio ac yn methu. Mi fyddai tŷ Nain yn arfar ogla mor fendigedig, mor lân. Sent blodeuog Estée Lauder, ogla hêrsbrê L'Oréal Elnett ar ôl cael gwneud ei gwallt bob dydd Gwenar, ogla powdwr golchi a Fairy Liquid. Mi fyddai'n treulio bob bora yn llnau, brat melyn am ei chanol, yn golchi llestri ac yn golchi dillad ac yn rhoi popeth ar y lein i sychu, cyn dal bỳs i'r dre i nôl torth ffresh yn sbesial i ni er mwyn paratoi brechdana jam tena tena tena i Lleucu a finna. Tasa Nain yn fyw rŵan, dwi'n gwybod y basa hi wedi mopio efo Gwern. A dwi'n gwybod y basa hi'n mynnu mynd â llond basgedi o festia a sana bach adra efo hi i Lanbedrog i'w golchi a'u sychu, ac yn falch iawn o gael gwneud hynny hefyd.

Roedd y salwch yn ei gwneud yn ffwndrus ac yn ddryslyd ac roedd yn gas gen i ei gweld hi, oedd gynt mor finiog, fel siswrn ar brydia, fel hyn. Wna i byth fadda i mi fy hun am gadw draw cyn hirad ag y gwnes i, yn gwybod ei bod hi'n gwaelu'n sydyn o wythnos i wythnos. Dwi'n cofio Lleucu a finna'n cael neges gan Mam yn deud y basa'n well i ni fynd i'w gweld cyn gyntad â phosib. A dyma ni'n dwy yn brysio draw yn syth. Roedd Mam a Dad yno'n barod, yn ista wrth erchwyn y gwely. A fanna oedd Nain, yn gorwadd yn ei choban a'i llygaid ynghau a'i gwynab fel dwrn. Do'n i'm yn siŵr be i'w ddeud wrthi a hitha'n marw o 'mlaen i. Yr unig beth fedrwn i ddeud oedd 'mod i'n ei charu hi. Achos mi o'n i'n ei charu hi ac mi o'n i am iddi wybod hynny. Ond roedd y geiria'n swnio mor wag, bron fel clwydda. Do'n i'm yn siŵr oedd hi'n ymwybodol 'mod i yno, ond pan ddudis i'r geiria hynny mi agorodd ei llygaid am eiliad a sbio drwydda i cyn eu cau, am y tro ola.

Drannoeth, am saith y bora, mi ges i alwad ffôn gan Mam a dyma hi'n deud, mewn llais crynedig, fod Nain 'wedi mynd'. Mi wisgis i amdanaf yn reit sydyn a mynd yn syth i Lanbedrog i fod yn gefn i Mam. Mi ges i rywfaint o sioc pan gyrhaeddis i tŷ Nain a gweld nad oedd yr ymgymerwr wedi cyrraedd. Roedd hi'n dal i orwadd yno yn ei choban. Ond doedd 'na ddim peipan yn ei hochor hi ac roedd hi'n edrych fel petai mewn trwmgwsg braf. Roedd ei chroen yn oer ac yn llyfn fel marmor a'i rhycha i gyd fel tasan nhw wedi diflannu dros nos. Mi afaelis i'n dynn yn ei llaw hi fel petai hi'n dal yn fyw. 'Dwi mor sori Nain,' medda fi, mewn llais cryg. Disgynnodd deigryn i lawr fy moch a dyma Mam yn dŵad ata i i roi coflaid i mi gan feddwl mai dagra galar oedd yn cronni. Ond teimlo'n euog o'n i. Rhoddodd Mam hancas i mi rhag ofn i'r llifddora chwalu, ond doedd dim angan hancas arna i. Wnes i'm gadael i 'run deigryn arall ddianc. Pa hawl oedd gen i i ypsetio a finna heb wneud ymdrech i fynd draw i'w gweld hi pan oedd hi'n fyw? Doedd gen i 'mo'r hawl i alaru.

Er 'mod i'n deud rhyw betha ffug-ddoeth, ffwrdd-â-hi fel 'braint greulon ydi henaint, yndê' ac 'o leia gafodd hi fyw i oed mawr, do, ac mae hi allan o'i phoen rŵan, dydi' wrth y bobol glên ddaeth ata i i gydymdeimlo y tu allan i'r fynwant, yn hunanol iawn do'n i'm wir yn cael cysur o feddwl bod Nain 'allan o'i phoen'. Roedd Nain wedi marw a doedd hi ddim yn dŵad yn ôl. Mi o'n i'n deud y petha 'ma er mwyn rhoi cysur i'r cydymdeimlwyr, dwi'n meddwl, mewn rhyw ffordd ryfadd, fel taswn i'n trio sgubo morbidrwydd o dan y carpad, yn glastwreiddio galar, yn saniteiddio'r sgwrs am brofedigaeth er mwyn iddyn nhw fedru mwynhau'r paneidia a'r brechdana yn y te cnebrwn heb feddwl gormod am yr hyn sydd o'n blaena ni i gyd. Mae Nain wedi mynd. A rhyw ddiwrnod mi fydd Mam a Dad wedi mynd hefyd. A Lleucu. Ac Owain. A Ffion. A Gwern. Ac mi fydda i'n meddwl weithia y basa'n well gen i fynd cyn pawb arall achos mae meddwl am drio byw efo galar yn codi mwy o ofn arna i nag angau ei hun. Colli Nain oedd y brofedigaeth gynta i mi ei chael, ac ers hynny dwi'n teimlo'n fwy ymwybodol nag erioed mai dim ond matar o amsar ydi'r brofedigaeth nesa achos dyna ydi bywyd, yndê.

* * *

FFUGENW: DEIGRYN

Colli Mam

Dim ond wrth dollti llefrith i'm Corn Fflêcs bob bore cyn mynd i'r ysgol a gweld y dyddiad Use By yn newid o wythnos i wythnos – dim ond ar yr adegau hynny y sylwn fod amser yn dal i gerdded a bod bywyd yn dal i fynd yn ei flaen. Roedd amser wedi stopio'n stond i mi. A doedd treigl y tymhorau, gwyliau'r haf, gwyliau'r Nadolig na'm pen-blwydd yn golygu dim i mi heb Mam. Ymgollwn bob dydd a nos yn y gorffennol, mewn atgofion da a drwg, a byddwn yn ail-fyw'r noson yr ymadawodd Mam yn ddewr o'r byd nes fy mod i'n teimlo'n swp sâl ac yn teimlo fel chwydu. Methwn yn glir â symud ymlaen a dychmygu fy nyfodol hebddi.

Dwi'n cofio'r noson fel ddoe. Nos Sul fel pob nos Sul arall oedd hi. Roeddwn i wedi cael llond bol o ginio dydd Sul efo Nain a Taid, roeddwn i wedi cwblhau fy ngwaith cartref, roeddwn i wedi cael bàth hyfryd a oedd yn llawn hyd y fyl o swigod, ac roeddwn i'n ogleuo'n lân neis. Roedd **Antiques Roadshow** a **Dechrau Canu, Dechrau Canmol** wedi gorffen, roedd Dad wedi smwddio fy nillad ysgol, ac roedd hi'n amser i mi fynd i'r gwely. Ond fedrwn i ddim cysgu. Roedd gen i boen rhyfedd yn fy mol, ond doeddwn i ddim yn sâl, dim go iawn. Dim fel roedd Mam yn sâl. Ond doeddwn i ddim yn gwybod pa mor sâl oedd hi ar y pryd. Pe taswn i'n gwybod, faswn i byth wedi cerdded i mewn i'r ystafell fyw a dweud 'Mam, dwi'n teimlo'n sâl'. Celwydd oedd hynny i gael aros i lawr y grisiau a swatio dan ei chesail ar y soffa.

'Ty'd yma 'ta cyw. Gei di aros am hannar awr ond rhaid

i chdi fynd i'r gwely wedyn, ma' Nain yn mynd â chdi i'r ysgol fory, cofia, felly ma' angan codi'n gynnar.'

'Ga i gysgu efo chi, Mam?'

Gwylio drama oedd hi. Roedd Mam wrth ei bodd efo dramâu nos Sul. Dyna oedd ei dihangfa. Er nad oedd gen i syniad be oedd yn mynd ymlaen yn y ddrama, ymgollais ynddi a dechrau crio nes oeddwn i'n methu'n glir ag anadlu. Roedd arch yn cael ei gollwng i'r ddaear ar y teledu, ac roedd pob un o'r cymeriadau'n gwisgo du.

'Be sy, cyw?'

'Fyddwch chi yn fanna ryw ddiwrnod, Mam?'

'Na fydda, 'nghyw i. Dim am hir iawn.'

Y noson honno, bu farw Mam yn dawel yn ei chwsg ac roedden ni'n ei chladd–

Dwi'm yn siŵr a ydw i isio mynd cyn pawb arall, wedi meddwl am y peth, a gadael Gwern heb ei fam. Fedra i'm darllan mwy, dim yr adag yma o'r nos. Nesa.

* * *

FFUGENW: ADERYN CORFF

Y Drefn

'Dych chi moyn stico 'da'r ysgrifen aur ar gyfer eich tad? Pa liw hoffech chi ar gyfer yr englyn? Ysgrifen aur neu arian?'

'O's gwahanieth?'

'Wel, ma' 'da chi *gold leaf* ar y bedd, fel y gwelwch chi. Mae'n rhatach ond dyw e ddim yn para'n hir iawn, dim ond rhyw bum mlynedd ar hug–'

'Mae Mam wedi marw ers dros ddeng mlynedd ar hugen.'

'–ain ac mae'r *silver* yn para'n dipyn hirach.'

'Pa mor hir, gwetwch?'

'Wel, gall y *lithichrome* bara am dros ddeugen mlynedd.

'Mewn deugen mlynedd fydde i'n gant a thri ac fe fydd fy mrawd yn naw deg wyth. Wy'n ame'n fawr y byddwn ni'n dal yma i werthfawrogi'r ysgrifen. Fe gymerwn ni'r *gold leaf*, os gwelwch yn dda.'

Roedd Mam a Dat wedi mynd, ac yn ôl y drefn, fi a Gwilym, fy mrawd, fydde nesaf. Hen lanc yw Gwilym ac mae e wedi dewis ei garreg fedd ers blynydde rhag of–

Mi orffenna i hon fory. Ma' hi'n rhy hwyr i ddarllan straeon mor dipresing. Ond rhaid rhoi clod lle mae hynny'n ddyledus: does neb yn medru sgwennu am betha dipresing cystal â'r Cymry mewn cystadlaetha straeon byrion, nagoes?

Dwi newydd gael cip sydyn ar y straeon eraill yn yr amlen a

dim ond un stori fer amaethyddol ei naws a anfonwyd i'r gystadleuaeth, diolch byth.

*   *   *

FFUGENW: FFOWC O FOI
Gwerthu Da ym Mart Gyfyrddin

'Wel wel, myn uffern i, Aled Defis, shwmae'n ceibo? Sai 'di dy weld di yn y mart ers ache …'

Na. Dim diolch. Dim i mi. Dim amarch i'r awdur hwn, pwy bynnag ydi Ffowc o Foi, wrth gwrs. Ond i mi mae'r ffugenw yn ddifyrrach na'r stori. Ac mae'r dafodiaith yn rhy ddeheuol i mi – mae'n andros o job canolbwyntio arni yr adag yma o'r nos. Er, fel hogan dre nad oes dim yn fwy diflas i mi na stori sy'n sôn am seilej, bêls a thail, mi ddylwn i nodi nad ydw i'n ddarllenydd mor gul 'mod i'n methu gwerthfawrogi darn o lenyddiaeth jest am nad ydi'r pwnc yn uniongyrchol berthnasol i mi. Mi dria i eto fory, i fod yn deg efo'r awdur. Yn gam neu'n gymwys, chwaeth bersonol sy'n cael y gair ola yn fy meirniadaeth. Mae'r stori ei hun, 'Gwerthu Da ym Mart Gyfyrddin', yn rhy boring, yn fy marn i, i'w dyfynnu ymhellach yma. Dwi'n siŵr y basa Wil Caeau Meillion yn mwynhau hon yn iawn, ond yn anffodus i Ffowc o Foi, fi ydi'r beirniad, nid Wil. Trydydd dosbarth. Sori.

* * *

'Nid yw'n paratoi nac yn gwnïo dim, ac wfft imi os mentra i ddweud gair o obaith am y babi. Mi geisiais ddwywaith neu dair godi ei diddordeb hi drwy ddwyn adref bapur nyrsio, papur i famau ifainc yn disgrifio dillad priodol a phethau tebyg. Yr oedd hynny'n ei gyrru'n wyllt.'

Saunders Lewis, Monica

Cyfnod dieiria oedd beichiogrwydd i mi. Roedd nofel fwya fy mywyd yn cael ei sgwennu yn fy nghroth a doedd gen i ddim rheolaeth drosti. Nid fi oedd yr awdur, nid fi oedd pia'r deud o gwbwl. Do'n i ddim hyd yn oed yn brif gymeriad ynddi. Ac roedd deffro bob bora fel troi tudalen newydd, a finna heb unrhyw syniad i ble roedd yr awdur anweledig hwn am fynd â fi o awr i awr. Roedd gen i rywfaint o ofn cofnodi'r profiad, dwi'n meddwl, felly roedd hi'n saffach peidio â deud dim. Hefyd roedd gen i ofn y baswn i'n deud y gwir ac yn difaru. Ofn i'r geiria ddŵad yn ôl i bigo 'nghydwybod mewn rhyw ffordd. Feiddiwn i ddim mynegi sut o'n i'n teimlo go iawn, boed hynny'n ofn neu'n bryder neu'n ansicrwydd neu'n gyffro neu'n orfoledd neu'n amwysedd, jest rhag ofn i mi demtio ffawd. Rhag ofn i'r un peth ddigwydd eto.

Gan fod Gwern yma rŵan, dwi'n teimlo'n fwy cyfforddus yn cyfadda nad ydw i erioed wedi teimlo mor hyll ag o'n i pan o'n i'n feichiog. Roedd y pum mis cynta yn gwbwl afiach, a deud y gwir. Dwi'n cofio teimlo'n sâl iawn, iawn – yn salach yr ail dro – ac mae fy mol i'n dal i droi hyd heddiw pan fydda i'n meddwl am roi bisgedan sinsir yn agos at fy ngheg. Do'n i'm yn un o'r merchaid beichiog hynny oedd yn 'cario'n ddel', beth bynnag mae hynny'n ei feddwl. Mi ddudodd ambell un fod y bol yn 'dwt' fel petawn i wedi ei fowldio a'i gerfio'n ofalus â 'nwylo fy hun, ac ambell un hefyd yn deud ei fod yn fy 'siwtio' fel petai'n ddilledyn newydd. Ond fel arall, roedd pawb yn tueddu i dynnu sylw at y ffaith 'mod i'n edrych yn llwyd, yn welw, yn flinedig ac yn shit. Dwi'n cofio un o ffrindia Mam yn deud wrtha i ei bod hi'n siŵr 'mod i'n cario merch am fod 'genod bach yn dwyn harddwch eu mamau', ond hogyn bach ges i yn y diwadd. A chlywis i neb yn deud 'mod i'n pefrio chwaith. Ac eto, ro'n i'n medru anwybyddu'r sylwebu diofyn, diflas a blinderus ar gromlinella newydd fy nghorff. Teimlwn ryw barch newydd ato, rhyw ymdeimlad diarth o dderbyn, ac er nad o'n i'n edrych yn dda iawn, ac er nad oedd dim yn fy ffitio'n gyfforddus ond fy hen legins tyllog, mi ddechreuis i *deimlo* yn hardd ar ôl i'r salwch gilio. Dwi'n cofio mynd am dro ar hyd y dwnan yn gynnar un bora braf ym mis Ebrill ar ôl bod yn sâl ac yn flin ac yn ddifynadd am wythnosa. Roedd yr haul yn gwenu'n dyner arna i y bora hwnnw, roedd yr eithin yn eu bloda, yr adar bach yn canu yn y llwyni a'r môr yn llepian ar y marian, a dwi'n cofio rhoi fy llaw ar fy mol a theimlo'n obeithiol am y tro cynta ers tro byd, fatha bod y gwanwyn yn digwydd y tu mewn i mi.

Ond dwi'm am ramantu na delfrydu'r profiad chwaith. Rhwng pob hwrdd o daflu i fyny yn y misoedd cynta 'na, dwi'n cofio codi fy mhen o'r porslen a syllu'n hiraethus ar yr arddangosfa o feddyginiaetha atal cenhedlu ro'n i wedi'u casglu dros y blynyddoedd fel swfenîrs o fy ieuenctid ar y silff uwchben y sinc. Dychmygwn fy hun yn malu'r Gedarel, y Microgynon, y Dianette a'r Levonelle yn un pentwr o bowdwr mân ac yn ffroeni'r cwbwl lot fatha cocên. Wnes i'm dechra teimlo fatha 'fi' tan y tri mis ola, ac erbyn y nawfed mis ro'n i wedi hen laru ar fod yn feichiog ac yn edrych ymlaen at gael gweld fy nhraed unwaith eto. O'r diwadd, mi ddaeth y dydd, ac er bod yr enedigaeth wedi cychwyn yn reit ddel, yn reit ddi-lol, mi ges i brofiad digon pethma tua'r diwadd. Bu'n rhaid i'r consyltant roi help llaw i mi yn llythrennol drwy dynnu Gwern o gaethle'r pelfis fatha ffarmwr yn tynnu llo. Mi ddaeth o allan yn y diwadd, ac mi ges inna fy hel ar fy mhen i'r theatr i gael fy mhwytho o dwll i dwll fel hen ddoli glwt.

Dwi'n cofio'r fydwraig yn dŵad ata i efo fy nghofnodion meddygol a llond bag pic-a-mics o feddyginiaetha amrywiol: y Bilsen, pigiada Clexane, Fybogel, Lactulose, Ibuprofen a pharasetamol, jest cyn i mi gael fy rhyddhau o'r ysbyty efo Gwern. Ac wrth archwilio fy mhwytha am y tro ola cyn i mi adael dyma hi'n gofyn:

'Ti isio gwbod pa *degree* gest ti?'

'Oes plis,' medda fi chydig yn rhy frwd, fatha taswn i'n holi'n swotlyd am farc rhyw draethawd neu arholiad.

'Third degree.'

'Be ma' hynny'n olygu, 'lly? Faint o *degrees* sy 'na?'

'Pedwar. Y pedwerydd ydi'r gwaetha. Mae'r trydydd yn gallu bod yn ddrwg iawn hefyd. Ond mae 'na wahanol radda o *third degree tears*: A, B a C.'

'Be ges i? A, B ta C?'

'Mi fyddi di'n falch o glywad na *A tear* sgin ti.'

Tasa'r enedigaeth hon yn thesis PhD yna mi fasa'r canlyniad yma, *third degree tear* (A), yn gyfwerth â phasio o drwch blewyn gyda gwerth blwyddyn o newidiada. Braidd yn shit. Ond mi allai fod yn waeth.

'Wnes i ddim ffêlio, naddo?'

Chlywodd hi mohona i, diolch byth.

'Paid â phoeni. Mi neith y rhwyg wella 'sdi, ond mi fydd raid i chdi roi amsar i dy hun fendio'n iawn a chael dipyn o ffisio lawr fanna i sortio'r *pelvic floor*.'

* * *

'Dengmlwydd yw canmlwydd ci,' medda T. H. am 'berthynoldeb henaint' yn un o'i ysgrifa. Ac mae'n debyg mai deg ar hugain ydi canmlwydd y ferch sy'n fam am y tro cynta ym Mhen Llŷn hefyd. Neu fel'na ro'n i'n teimlo beth bynnag. Ro'n i'n teimlo fel hen fam yma, yn *geriatric mother* cyn fy amsar. Dwi'n cofio cerddad i mewn i siop deithio ym Mhwllheli yn gobeithio cael cyngor a chymorth i drefnu gwylia *baby friendly*, a heb yn wybod i mi, ro'n i wedi teithio'n ôl mewn amsar i droad yr ugeinfed ganrif achos, ar ôl fy llongyfarch, dyma'r ddynas y tu ôl i'r ddesg yn deud yn blaen wrtha i 'mod i'n 'hen fam fatha fy merch – mi 'nath hitha gychwyn yn hwyr hefyd 'sdi.' Do'n i'm yn siŵr sut i ymatab felly mi ofynnis i'n gwrtais faint oedd oed ei merch pan anwyd y cynta iddi. 'Doedd hi ddim yn *spring chicken*. Tri deg, fatha chdi,' meddai'n ddiflewyn-ar-dafod, cyn estyn *brochure* i mi.

Roedd ei geiria'n troi ac yn troi yn fy mhen drwy'r dydd wedyn. A dyma fi'n dechra meddwl tybad o'n i wedi'i gadael hi braidd yn ben set yn ddeg ar hugain os o'n i am gael mwy o blant ryw ddiwrnod. Y noson honno, mi ddechreuis i gwestiynu fy newisiada bywyd wrth fwydo Gwern yn nhir neb yr oria mân, yn gorfeddwl rhwng gwawl a gwyll ac yn dechra difaru'n dawal bach na wnes i ddechra'n gynt. Mi ddechreuis i wneud syms gwirion yn fy mhen gan ymdrabaeddu mewn cors o feddylia arswydus fel 'pan fydd Gwern yn ddeunaw, mi fydda i bron yn hannar cant' a dechra galaru am yr holl amsar ychwanegol faswn i wedi medru'i gael yn ei gwmni o taswn i ond wedi ffendio Owain yn gynt, taswn i ond wedi gwrando ar rybuddion yr holl bobol boen-yn-din yn y priodasa 'ma, taswn i ond wedi peidio â llyncu'r holl feddyginiaetha atal cenhedlu a *morning after pills* ar hyd y daith. Taswn i ond wedi gwneud popeth yn wahanol yn fy ugeinia, yna mi faswn i wedi bod ar y llwybr fasa wedi fy arwain at Gwern cyn fy mhen-blwydd yn ddeg ar hugain. Wrth gwrs, doedd y meddylia hyn ddim yn gwneud unrhyw synnwyr yng ngola dydd, ond roedd yr hen 'be os?' yn creu styrbans mawr yn fy mhen am dri y bora, fatha llwynog mewn cwt ieir.

Y noson honno dwi'n cofio syllu ar Gwern ar ôl ei roi yn y cot wrth y gwely nes bod fy llygaid yn llosgi a'r dagra'n pigo a 'nghalon i'n brifo jest â byrstio wrth sbio arno'n cysgu o'r diwadd. Dwi'n cofio syllu ar yr amranna hir yn taflu cysgodion dros ei focha crwn a'i wefusa'n gam ac yn llac ar ôl llond bol o lefrith, gan feddwl sut uffar ges i hogyn mor dlws, cyn estyn fy ffôn a thynnu dega o lunia ohono i mi gael cofio sut roedd o'n edrych yn yr eiliad honno, rhag ofn i mi anghofio. Dwi'n cofio gwrando'n astud arno'n anadlu a phob anadl yn swnio fel pluan yn syrthio, a finna'n canu 'Si Hei Lw' yn dawal wrth fwytho'i ben o, fy llais yn crygu ac yn bygwth torri dan deimlad dwys, a dwi'n cofio sibrwd rhyw betha fel, 'Taswn i ond yn gwbod bryd hynny, Gwern bach, flynyddoedd yn ôl, yr hyn dwi'n ei wbod rŵan, taswn i ond yn gwbod y basa fy ffôn yn orlawn o lunia o dy wynab clws di, fy mabi aur i, yna mi faswn i wedi ...' Ond diolch byth, mi ddaeth y bora, a'r unig beth oedd yn llenwi 'mhen i erbyn hynny oedd fy nyhead am banad felys o goffi cry.

Ar yr adega prin hynny pan fydd Gwern yn cysgu, mi fydda i'n ffendio amsar i sgwennu yn fy nyddiadur yng nghilfacha'r dydd a'r nos. Ac erbyn heddiw, mae gen i dudalenna a thudalenna o sylwebaeth fanwl ar ei ddatblygiad o – o'i ddyfodiad dramatig i'r byd i'r hyn gafodd o i swpar heno. Mae gen i gywilydd deud hyn, ond mi fyddwn i'n arfar rowlio fy llygaid a bod yn eitha dilornus o'r mamau hynny sy'n postio llunia o'u plant bob wythnos, bob dydd ar Instagram a ballu. Fel tasa hynny'n fy ngwneud i'n ffeminist well. Ond dwi'n dallt rŵan eu bod nhw, fel finna, jest yn trio cofnodi pob eiliad. Ro'n i hyd yn oed wedi ystyried cadw'r darn bach hwnnw o linyn bogail sych, a ddisgynnodd ar lawr wrth i mi newid ei glwt o un diwrnod, mewn bocs efo cudyn bach o'r gwallt tywyll oedd ar ei ben o pan anwyd o. Ond i fyny'r hŵfyr aeth y llinyn bogail yn y diwadd.

Ers geni Gwern, mae amsar fel petai'n chwara tricia arna i. Roedd amsar yn gysyniad cwbwl ddiystyr i'r ddau ohonon ni yn yr wythnosa cynta 'na. Doedd y fath beth â bora a nos a ddoe a fory ddim yn bod i ni ar y pryd, dim byd ond y presennol. Arafodd yr oria, llusgodd y dyddia, ond carlamodd yr wythnosa heibio ac thoddodd y misoedd i'w gilydd, ac mae fy mabi newyddanedig erbyn hyn bron yn flwydd. Mae fy nghyfnod mamolaeth yn tynnu at ei derfyn a dwi'n teimlo cur hiraeth am bob eiliad sy'n gwibio heibio yng nghwmni Gwern. Dwi'n hiraethu'n barod am bob gwên di-ddant ac am bob dant fydd yn torri trwodd ac yn disgyn yn drysor i'r tylwyth teg. Dwi'n trio cofio popeth ac mae hynny'n gallu bod yn straen weithia. Dwi'n poeni cymaint am drysori bob eiliad nes bod yr eiliad jest yn dŵad ac yn mynd ac yn darfod cyn i mi fedru'i dal hi a'i chadw fel atgof, fatha trio dal pluan eira a honno'n toddi'n syth ar gledr fy llaw. Wrth i'r wythnosa fflachio heibio mae sŵn ei chwerthiniad cynta yn diasbedain yn dawelach, ac mae ei glebran annwyl yn swnio'n bellach ac yn bellach bob dydd fel cynffon adlais mewn ceunant. Ac er i mi sgwennu a sgwennu a sgwennu a sgwennu am Gwern yn fy nyddiadur a chofnodi ei gerrig milltir – y tro cynta iddo wenu a chwerthin ac ista'n gefnsyth a chropian a sefyll a mentro rhoi un droed o flaen y llall a finna'n dathlu, yn clapio, yn ei annog i ollwng ond yn gyndyn o'i ollwng, yn gafael yn dynn, dynn yn ei ddwylo bach tew wrth i ni'n dau ymlwybro ar draws y stafall; y tro cynta i mi ei gario dros y dwnan iddo gael teimlo'r tywod yn llithro drwy ei fysedd (ar ôl rhoi llond dwrn yn ei geg) a theimlo'r ewyn yn cosi ei fodia; y tro cynta iddo ddechra chwythu llafariaid o'i geg fel swigod, a'r rheiny'n byrstio'n glec o gytseiniaid a throi'n eiria diamwys, fel y gair cynta un, 'Mam' ... Lle ydw i'n stopio? Mae'n amhosib cyfleu lliw a disgleirdeb yr holl atgofion, yr holl droeon cynta, â'm beiro ddu. Er i mi weld yr inc yn sychu ar y tudalenna, dwi'n teimlo fatha 'mod i'n sgwennu neges yn yr awyr efo sbarclar ar noson tân gwyllt. Er 'mod i'n gweld yr atgofion wedi'u cerfio ar bapur, mae disgleirdeb pob atgof yn bygwth pylu fel gola'r sbarclar, yn bownd o gael eu llyncu yn y diwadd gan dywyllwch difodaeth.

* * *

FFUGENW: GLYN CYSGOD ANGAU

Damwain

O'r holl bethe wy wedi eu gweld yn fy ngyrfa fel paramedic yn y ddinas – a trystwch fi, fi wedi gweld fy *fair share* o erchylltere: yn ddamweinie ceir, yn anafiade *gory*, lot o gyts, gwaed a chroen yn *splattered* ar hyd yr hewlydd … sa i riôd wedi gweld dim mor *haunting* â'r boen ar wyneb mam sy newydd golli ei phlentyn. *Honestly*, sa i riôd, *and I mean*, riôd, wedi clywed dim mor *harrowing* a thruenus â sgrechiade annaearol y fam honno a ddihunodd o freuddwydion ei thrwmgwsg a ffindo'i hun yn byw ei hunllef waethaf un: ei babi wthos oed wedi mygu yn ei ches–

Na. Fedra i'm darllan hwn rŵan chwaith.

Pris y dedwyddwch hyfryta a'r cariad pura ydi bod fy ofn dyfna, sy'n llechu fel ellyll yng nghorneli tywylla fy nychymyg, yn sleifio i'r wynab ac yn fy atgoffa bob dydd o'r hyn y gallwn ei golli, yr hyn y gallwn fod wedi'i golli tasa'r consyltant heb ymatab mor sydyn. Mi fyddwn i'n arfar poeni bod rwbath ofnadwy am ddigwydd i Gwern. Dwi'n dal i boeni rŵan ac mi fydda i'n siŵr o boeni tra bydda i ar dir y byw, ond am fy mod i'n cael mwy o gwsg erbyn hyn, mae'r ofn ar dennyn gen i. Os ydan ni'n cael noson ffitiog o gwsg, mae'r tennyn yn llacio, ond mae gen i fwy o reolaeth dros yr ofn nag oedd gen i ar ddechra'r bennod newydd hon yn fy mywyd. Achos yn ystod yr wythnosa cynta 'na ar ôl y geni pan o'n i jest yn trio goroesi ac yn bodoli mewn rhyw stad orffwyll rhwng cwsg ac effro, mi fyddwn i'n cael yr hunllefa mwya erchyll 'mod i wedi gosod tynged ar Gwern am ei fod o'n rhannu'r un enw â babi Branwen a Matholwch.

Mi fyddwn i'n dychmygu fy hun fel Branwen yn sgrechian ac yn crio'n afreolus, yn cael fy nal yn ôl gerfydd fy ngarddyrna wrth i mi geisio neidio i'r fflama i achub fy mab. Mi fyddwn i'n dychmygu rhyw senarios ofnadwy o hyd fatha baglu wrth ei gario i lawr y grisia a gweld ei benglog yn malu fel plisgyn wy, neu bendwmpian wrth ei fwydo a'i fygu yn fy nghôl, neu droi fy nghefn am eiliad i nôl tywal oddi ar y gwresogydd a'i ganfod yn llipa mewn dwy fodfedd o ddŵr. Mi o'n i'n poeni am betha nad oedd wedi digwydd nes o'n i'n swp sâl ac yn byw ar fy nerfa, ac mi ges i bwl o ddifaru 'mod i wedi enwi fy mab ar ôl babi mor anlwcus â Gwern yr Ail Gainc. Dwi ddim yn difaru erbyn heddiw, wrth gwrs. Mae o'n enw bach neis. Ac er nad ydw i wedi cael noson ddi-dor o gwsg ers ei eni, mi fydda i'n cael mwy na dwy awr mewn pedair awr ar hugain erbyn hyn, ac mae hynny'n gwneud byd o wahaniaeth.

Ro'n i'n un o'r merchaid lwcus hynny a deimlodd y cariad hwnnw'n syth. Mi chwalodd drosta i fel ton yng ngola gwyn y gwthiad ola 'na pan welis i o yn nwylo'r consylltant a chlywad ei gri'n atseinio'n groch drwy'r ward esgor i gyd. Ar ôl colli efo Ifan, ro'n i wedi trio peidio â meddwl gormod am y 'beth-bynnag-ydi'r-pethma-yn-fy-mol-i' a oedd yn tyfu yn fy nghroth. Ac am naw mis roedd Gwern yn gysyniad haniaethol a fedrwn i 'mo'i ddychmygu yn fy mreichia – feiddiwn i 'mo'i ddychmygu, a deud y gwir – nes i mi ei weld yn y cnawd, yn fyw, yn gwingo'n goch ac yn flin fel pysgodyn ar y glorian, yn wyth pwys a deuddeng owns o ryfeddod pur. A gwyddwn o'r eiliad y rhoddwyd Gwern yn fy mreichia mai dyna faint oedd y byd i gyd yn ei bwyso i mi.

* * *

Rwy'n chwalu'r gragen fregus
blasu'r môr;
yn ddiofyn a diddewis,
agor dôr
gadael geneth ifanc,
merch ddi-nam.

I sgrech y byd daeth bachgen -
a daeth Mam;
i grud y byd
un bachgen bach
ei fam.

'Bore oes' *beginnings that end*, Mererid Hopwood

Mae Gwern newydd ddeffro wrth fy ymyl i ac mae o naill ai'n chwilio am lefrith neu angan ei newid. Rhaid gollwng rôl y beirniad am y tro ac ildio i alwada corfforol fy mab. Mi dria i orffan mynd drwy'r straeon fory – heb ddilyn sgwarnogod y tro yma. Dwi newydd gael cip yn yr amlen ges i gan y Trefnydd, ac mae gen i gryn dipyn o straeon ar ôl i'w darllan. A hyd yma, dim ond un sydd gen i yn y trydydd dosbarth, bechod, yn benna oherwydd fy chwaeth bersonol. Dwi ddim isio brifo na thorri calon pwy bynnag ydi Ffowc o Foi druan, felly be wna i, mae'n debyg, ydi creu dau ddosbarth yn unig – y 'Dosbarth Uchaf Un' a 'Pawb Arall'. Mi geith yr ymgeiswyr yn y categori 'Pawb Arall' ryw ddwy neu dair brawddeg o feirniadaeth (a 'dal ati!') yr un gen i – dim byd rhy gas, yn amlwg, dwi ddim am i neb roi'r gora i sgwennu o'm hachos i. Ac mi geith y sawl a gyrhaeddodd y 'Dosbarth Uchaf Un' feirniadaeth fwy estynedig. A bod yn hollol onast, dwi ddim yn ffit i fod yn feirniad a dwi'n difaru, deud y gwir, 'mod i wedi cytuno i wneud hyn. Dwi'n rhy glên o lawar. Ond ar y llaw arall, dwi'n falch 'mod i wedi derbyn y gwaith, achos mae darllan straeon gan bobol eraill wedi agor y porth i bwy o'n i cyn geni Gwern. Mae darllan a beirniadu wedi fy ysgogi i sgwennu, a phan dwi'n sgwennu – dim otsh am be – dwi'n teimlo fel fi. Dwi'n gweld rŵan, er fy mod i'n fam, Myfi ydw i o hyd, a dwi ddim gwell na gwaeth nag o'n i cynt.

* * *

TEITL: PORTH
FFUGENW: SGWARNOG

Ar waelod y Dosbarth Isaf Un gosodaf yr ymgeisydd hwnnw na lwyddodd cynnwys na mynegiant ei waith i'm cyffroi. Yn ddi-os, y salaf o blith y deunaw ymgais a anfonwyd i'r gystadleuaeth hon eleni oedd 'nofel' Sgwarnog. Hoffwn bwysleisio ar ddechrau'r feirniadaeth fy mod yn gyndyn o ddisgrifio'r gwaith fel nofel. Nid yw'r awdur yn dilyn confensiynau na strwythur y nofel draddodiadol ac ni cheir yn y gwaith linyn storïol cryf nac ychwaith ddechrau, canol na diwedd clir fel sy'n ofynnol yn y gystadleuaeth hon. At hynny, rhyw gybolfa o ryddiaith ddigyfeiriad a geir yma. O sylwi hefyd ar y nifer geiriau, y mae'r gwaith yn llawer rhy fyr a disylwedd i fod yn 'nofel'.

Merch o'r enw Myfi yw ein hadroddwr yn y gwaith hwn. Ac fel yr awgryma ffugenw'r awdur, hi yw'r sgwarnog a ddilynwn yn ddiamcan o'r dechrau i'r diwedd. 'Porth' yw testun y gystadleuaeth a theitl y 'nofel', ac y mae'n amlwg o'r dechrau'n deg fod yr awdur hwn yn chwarae â'r cysyniad blinedig hwnnw o ddyddiadur fel 'porth' yn yr ystyr 'mynedfa' neu 'ddrws' i gydwybod ac isymwybod y cymeriad. Mae'r testun yn agor sawl un o'r drysau hyn i ystafelloedd dirgel ei meddwl a'i chalon, ond er iddi archwilio'r atgofion a'r cyfrinachau ym mhob ystafell, ni cheir ynddynt unrhyw beth a fyddai o ddiddordeb i'r darllenydd. Hoffwn ychwanegu fod y dyddiadur yn ffurf andros o ddiog i archwilio dyfnderoedd dirgel yr enaid.

I dorri'r stori wael hon yn fyr, mae Myfi yn feirniad yn yr Eisteddfod Genedlaethol, a chawn wybod ganddi ei bod wedi prynu llyfr nodiadau newydd yn arbennig at ddibenion beirniadu cystadleuaeth y stori fer. Wrth iddi frasddarllen y straeon byrion a anfonwyd i'r gystadleuaeth, mae hi'n dyfynnu o'r rhai sydd wedi creu argraff arni cyn mynd rhagddi i ddatgelu pam fod y straeon a ddyfynnwyd ganddi yn apelio cymaint. Yn aml iawn, bydd y detholiadau o'r straeon byrion hyn yn esgor ar atgofion personol y beirniad.

Yn hytrach felly na chadw at ei nod gwreiddiol o ysgrifennu nodiadau beirniadol ar straeon y cystadleuwyr er mwyn llunio beirniadaeth gytbwys ar gyfer y Cyfansoddiadau, mae Myfi yn mynd ar ddisberod ac yn ymgolli yn ei straeon ei hun. Mae hi'n bogailsyllu (yn llythrennol) ar adegau ar ei phrofiadau o fod yn fam fel petai hi yw'r unig fam yn y byd. Ond er iddi agor ei chalon, nid oes dim newydd nac o werth yn cael ei ddweud ganddi ar y pwnc hwn. At hynny, un o wendidau mawr y gwaith yw methiant y cymeriad i sylwebu ar unrhyw bwnc sydd y tu hwnt i ffiniau ei phrofiadau ei hun fel Cymraes gymharol ifanc o ogledd-orllewin Cymru sy'n byw bywyd breintiedig a chyfforddus.

Yn wir, ymfodlona 'Sgwarnog' ar drafod yr un hen themâu treuliedig (ac fe ddylwn nodi nad yw'r awdur hwn yn unigryw yn hynny o beth yn y gystadleuaeth hon), a'r ymdriniaethau â'r themâu hyn, gan amlaf, yn arwynebol tu hwnt. Oni bai fod gennych rywbeth ingol a newydd i'w ddweud am feichiogrwydd neu famolaeth neu salwch neu alar neu gariad neu Gymreictod neu iechyd meddwl neu rywioldeb neu'r dosbarth canol neu am fywyd yn gyffredinol, osgowch y pynciau hyn i gyd a pheidiwch â thrafferthu ysgrifennu dim byth eto.

Wrth ddarllen y gwaith, daeth yr ymadrodd 'Death by Gwyndodeg' i'r meddwl (fy mathiad i). Maddeuwch i mi am fy nefnydd o'r Saesneg yn yr achos hwn, ond teimlwn ar brydiau fod gorddefnydd yr awdur o'r Wyndodeg – ei dafodiaith ei hun, fe dybiaf – yn llyffetheirio'r darllen. Mae dirfawr angen i'r awdur dymheru ei ddefnydd o'r dafodiaith ogleddol er mwyn osgoi dieithrio a diflasu darllenwyr nad ydynt yn hanu o fro'r awdur. Brysiaf i ychwanegu fod yr awdur yn defnyddio gormod o fratiaith mewn mannau ac fe'm siomwyd yn arw hefyd gan ei ddefnydd achlysurol, ie, ond cwbl ddiangen o'r Saesneg.

Hoffwn pe medrwn i ddweud wrth yr awdur hwn am ddal ati i ysgrifennu, ond celwydd pur fyddai dweud peth felly, a byddai hynny'n bygwth fy integriti a'm henw da fel beirniad yn y gystadleuaeth bwysig hon. Yn hytrach, fy nghyngor mwyaf diffuant i'r awdur yw: darllenwch yn ehangach, mynychwch gyrsiau ysgrifennu (wele gwefan Llenyddiaeth Cymru am gyrsiau arbennig ar gyfer ysgrifenwyr anobeithiol), ac osgowch ffurfiau a themâu treuliedig ac ymdriniaethau ystrydebol os ydych am roi cynnig arall ar gystadlu ryw ddiwrnod, er mwyn codi'r safon.

Petai'r awdur yn treulio ychydig flynyddoedd yn mireinio ac yn cywreinio'i grefft, yna mae potensial iddo gyrraedd y trydydd neu hyd yn oed gwaelod yr ail ddosbarth ryw ddiwrnod. Ond fel y mae'r gwaith yn ei ffurf bresennol, ac os oes gan yr awdur unrhyw barch at sancteiddrwydd y gystadleuaeth hon, y mae dirfawr angen iddo hogi ei grefft cyn ystyried anfon gwaith i unrhyw gystadleuaeth eto, a hynny'n cynnwys y Fedal Ryddiaith.